中国梦·红色经典电影阅读

火红的年代

张照富　改编

中华工商联合出版社

图书在版编目（CIP）数据

火红的年代 / 张照富，严铠改编 . —北京：中华
工商联合出版社，2013.7
ISBN 978-7-5158-0603-7

Ⅰ.①火… Ⅱ.①张…②严 Ⅲ.①中篇小说—中
国—当代 Ⅳ.①I247.5

中国版本图书馆 CIP 数据核字（2013）第 157960 号

火红的年代

改　　编：	张照富　严　铠
策　　划：	徐　潜
责任编辑：	魏鸿鸣　徐彩霞
封面设计：	赵献龙
责任审读：	郭敬梅
责任印制：	迈致红
出版发行：	中华工商联合出版社有限责任公司
印　　刷：	天津海德伟业印务有限公司
版　　次：	2014 年 3 月第 1 版
印　　次：	2018 年 4 月第 2 次印刷
开　　本：	710mm×1000mm　1/16
字　　数：	161 千字
印　　张：	15
书　　号：	ISBN 978-7-5158-0603-7
定　　价：	29.80 元

服务热线：010—58301130
销售热线：010—58302813
地址邮编：北京市西城区西环广场 A 座
　　　　　19—20 层，100044
http：//www.chgslcbs.cn
E-mail：cicap1202@sina.com（营销中心）
E-mail：gslzbs@sina.com（总编室）

工商联版图书

版权所有　侵权必究

凡本社图书出现印装质量问
题，请与印务部联系。

联系电话：010—58302915

编委会

演职员表

改　　编：《钢铁洪流》摄制组集体

　　　　　　叶　丹　傅超武（执笔）

导　　演：傅超武　孙永平　俞仲英

摄　　影：罗从周　查祥康

美　　工：何瑞基

作　　曲：吕其明

指　　挥：吕其明

演　　奏：上影乐团

赵四海 …………………………………… 于　洋

王坚（厂党委书记）…………………… 郑大年

白显舟（厂长）………………………… 温锡莹

老　田 …………………………………… 娄际成

陈友根 …………………………………… 刘子枫

向志华 …………………………………… 张小玲

小　高 …………………………………… 梅兆华

剧情说明

电影《火红的年代》是根据话剧《钢铁洪流》改编而成的。故事讲述了 20 世纪 60 年代，在上海某钢厂以炉长赵四海为代表的工人阶级坚持走自力更生的道路，与白厂长依赖进口合金的保守思想展开了激烈斗争的故事。

1962 年，国内外反动派里应外合，掀起了一股反华、反共、反人民的逆流。曾经所谓的社会主义老大哥背信弃义，对中国实行经济封锁。在中国的国防工业战线上，他们以高价把废钢材抛售给我们制造新舰艇，最后又撕毁协议合同，断绝供应，妄图破坏中国海军建设。这种制造新舰艇的特殊合金钢性能要求严格，国内从来没有生产过。

为了制造这种合金钢，以赵四海为首的炼钢小组，接受了钢铁厂党委交给的这一重要任务。他们提出了用自己国产的合金，代替进口合金的试炼方案，决心炼出"争气钢"，狠狠打击帝修反。但是，炼钢厂厂长白显舟却迷信外国专家，一心要依靠进口合金来完成任务。

为此，钢铁厂党委内部展开了激烈的思想交锋，厂党委书记王坚和绝大多数党委委员同意赵四海提出的方案。赵四海夜以继日，艰苦试炼，几经挫折失败。他认真总结经验教训，退休老工人和全厂工人都来积极支持帮助他。试炼工作刚刚取得进展，又遭到暗藏的反革命分子——生产调度室主任应家培的破坏。

赵四海带领同志们奋不顾身排除了险情。为抢救国家财产，退休老工人田师傅受伤，被送到医院抢救。他醒来后嘱咐赵四海要保护好现场，清查事故原因。但白显舟在阶级敌人的煽动下，竟然错误地让赵四海停职检查。党委书记王坚和老田师傅批评了白显舟的错误决定。但当任务紧迫时，白显舟仍然坚持错误，粗暴地下令停止国产合金的试炼方案，并准备把冶炼合金钢的任务推掉。

赵四海等人在党委的领导下，与白显舟展开了激烈的斗争，使执行了错误路线的白显舟同志受到教育，并揪出了暗藏的阶级敌人应家培。

赵四海小组在党和群众的支持下，终于炼出了"争气钢"。在湛蓝浩瀚的海面上，用中国自己冶炼的国产合金钢制造的新型舰艇乘风破浪，奋勇前进。

序

  曾经，拾起过草地上被吹落的发黄的银杏叶，夹在了日记里，再打开时，记住了那个秋天里青春的憧憬；

  曾经，哼起过电台里被播放的欢快的流行曲，抄在了笔记上，再打开时，记住了那段岁月里相伴的愉悦；

  曾经，流连过影院里被放映的精彩的故事片，存在了脑海中，再打开时，记住了那些回味里温暖的片段；

  我们的曾经，是记忆的积累，留不住岁月，却留住了记忆。翻开日记时，银杏的纹络依然清晰，打开笔记时，歌词的墨迹仍然青涩。那些往事都留住了，只是在某个时刻，突然想起了那部电影，多少却有些浅忘，因为我们的笔记本里承载不了那么多的信息，只能记在脑海里，在岁月的洗涤中淡却了一些章节。

  我们一直致力于电影连环画在读者中的普及，十年间制作了数百本电影连环画，发行量近百万册，在读者中建立了良好的口碑并取得了积极的社会效应。今天，我们将那些存在我们记忆深处的经典电影以图文版的形式制作成册，让我们重新回味那脍炙人口的故事，再度拾起从前那观看电影的快乐时光。

  抬一把凳子，再也找不到露天电影；下一段视频，却没有充裕的时间观看；那么，就躺在床上，翻开这一本本图文本，将故事延续到梦里——记得那时年少，记得那时年轻，记得那时……

　　枕边，这一册册的电影图文本，还有一摞摞的日记和笔记本，都是我们记忆中的音符，目光触及时，在心里流淌成歌，相伴过的曾经，把美好的记忆延续到永远。

赵刚

2014 年 3 月 6 日

目　录

第一章 钢厂新年新气象

　　故事发生在 20 世纪 60 年代。在一个寒冷的冬夜，天空中飘着小雪花。时针已经指向了 11 点多了。此刻，很多人都该进入梦乡了吧。可是，某炼钢厂里，却还是灯火通明，一片忙碌的景象。这天是 1961 年的最后一天，挂在墙上的旧日历，只剩下最后一张了。学徒小高走了过来，将它取下来，换上厚厚的 1962 年的新日历。

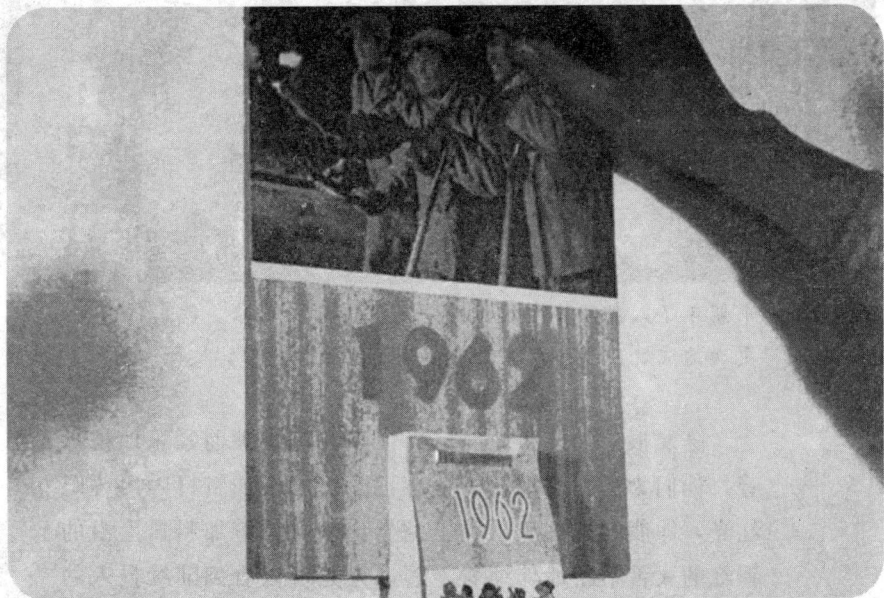

☆故事发生在 20 世纪 60 年代。在那火红的年代里，全国人民在毛泽东思想的指引下，为建设伟大的社会主义祖国而奋勇拼搏。上海钢铁厂工人小高取下操纵室墙壁上的旧日历。

　　小高满怀希望地在心中感叹着："时间过得真快，转眼一年就过去了。新的一年，我们伟大的祖国一定会有新的气象，我们的事业也一定会取得更大的成就。现在，大家都争分夺秒地工作努力着，自己也要再加把劲啊……"想到这里，小高向坐在操纵台前的女技术员白志华笑了笑，快步走了出去。

☆又是一个新年了，我们伟大的祖国一定会有新的气象，我们的事业一定会取得更大的成就。小高满怀希望，充满信心地笑着。

　　陈友根、大勇和炉前工们依然在炼钢炉前紧张地忙碌着，他们为祖国的钢铁事业忘记了一切。加料口闪出耀眼红光，熊熊的烈火从炉膛里翻卷出来，舔着加料口上沿的猩红的火舌不断地伸缩着，透过火光可以看到陆续投入的原料在高温下迅即成为液状物在炉内翻滚着。熊熊的火光照亮了高大的炼钢车间，也照亮了一张张炼钢工人通红的脸，从闪烁不定的火光中，从无声的动作里，显出一种庄

☆夜已深，但友根、大勇和炉前工们依然在炼钢炉前紧张地忙碌着，钢炉喷着火焰，炉火熊熊。他们为了祖国的钢铁事业忘记了一切。

严豪迈的战斗气氛。

钢液急剧升温，出钢的时候快到了。副炉长陈友根站在炉前第一线，双手紧握着测温器，脸上的汗水滚滚而下。陈友根抬头看了看报温指示灯上的数字——1650℃。陈友根满意地向站在操纵台前的白志华点了点头，抖擞精神，挥动手臂，做了一个手势说："放钢！"

小高心领神会，抹了抹汗水，飞快地跑向一个平台。平台的一端挂着一口钟，小高迅速抄起锤子，敲响了那口钟。清脆悦耳的钟声在车间里荡漾着，这意味着1961年的最后一炉钢已经炼好了。

随即，天车携带着巨塔一般的炼钢炉，咕噜咕噜地向另一端走去。一个工人走到控制闸处，推上电闸，转动倾

☆钢液急剧升温，到出钢的时候了。友根精神抖擞，挥动手臂，向
小高做出"放钢"的手势。

☆小高心领神会，左手抡起铁锤，使出浑身力气，满怀喜悦地猛烈
击钟。宣布出钢的号令钟声刺破寂静的冬夜，显得格外宏亮。

倒器，一声响动，巨塔般的炉体略略往后一仰，随即反过来向前倾倒。"噗"的一声，一股白气卷着浓烟和火星从炉嘴冲了出来，腾上天空，弥漫开来。屋顶不见了，天车被遮没了，白炽的电灯光也朦胧了，炽烈的钢水伴着炫目的红光，从炉嘴争先恐后地涌出。通红的钢水从高空泻下。盛钢桶上钢花飞舞。

☆巨大的钢包缓缓驶向出钢口。顿时钢花飞溅，流光四溢，钢水奔涌而出，流入钢包。

一个工人用铁锨甩了几块矿渣到槽里，矿渣立即化为乌有。钢水在不停地涌出、流动，晶亮的铁水花向四面八方飞溅，灼人的热浪阵阵逼来。烟、雾、粉、尘，呛得人好生难受，可是在一线的工人们却毫不退缩。拌杂着夺目的虹光，氤氲的热气直冲屋顶。工人们似乎都置身于虚无缥缈的云雾间，互相有些看不真切了。

陈友根看着钢水奔腾的壮观场面，像个孩子一般地笑

了。大勇端起一碗水一饮而尽，望着陈友根也乐开了花。是啊，眼见着钢水随之变成一大块一大块的钢铁，奔赴祖国的山南海北，奔赴"四个现代化建设"的第一线，他们能不开心吗？

☆友根看着钢水奔腾而出的壮观场面，孩子般地笑了。大勇端起水一饮而尽，望着友根也乐开了花。是啊，眼见着钢水随之变成大块大块的钢铁，奔赴祖国的大江南北，他们能不开心吗？

这时，车间调度员小马兴冲冲地跑了过来。他爬上了平台，手里拿着一封信，兴奋地大声说："报告大家一个好消息！好消息！全国冶金会议胜利闭幕了！你们炉长赵四海和白厂长马上就要从北京回来了！"

听到这一消息，大家群情振奋，纷纷鼓掌叫好。大家传阅着来信。小高兴奋地说："师傅回来了，咱们准又要大干一场了！"

"嘟，嘟……"他的话被扩音器里传来的几下报时

☆ "噢,好消息,好消息!" 工人小马高兴地奔到炉前,挥舞着手中的信,说:"全国冶金会议胜利闭幕!你们炉长赵四海和白厂长马上就要回来了!"大伙听了,都高兴得蹦了起来。小高大声地说:"我师傅回来,咱们又要大干一场啦!"

声打断了。大家都抬起头来,望着高处的大喇叭,静静地听着。一个清脆而愉快的女声传出来,向大家报告道:"刚才最后一响,是北京时间零点整。同志们,新年好!"

"新年了!新年了!"车间里,大家又是一片欢呼,锣鼓声大作。陈友根、小高、白志华和工友们顿时欢呼雀跃起来,脸上洋溢着幸福的微笑。

夜幕笼罩着原野,原野中一片漆黑,只能听到呼啸的北风声,被北风夹杂的雪花却隐在这无边的黑暗中。伴随汽笛长鸣,一列扎着三面红旗的特别快车,冲破暴风雪的

☆"嘟、嘟……"厂房墙壁上悬挂的喇叭突然传来了报时声:"刚才最后一响,是北京时间零点整。同志们,新年好!"女播音员用清亮的声音向大家传达着新年的喜悦。"噢,新年了!"友根、小高、白志华和工人们顿时欢呼雀跃起来,脸上洋溢着幸福的欢笑。

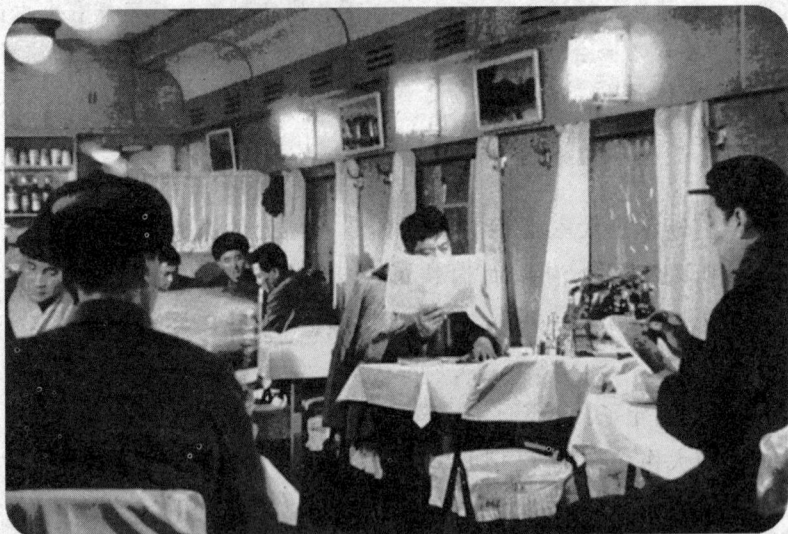

☆"呜……"华东大地上,一列火车急速飞驰。餐车内,炉长赵四海全神贯注地看着报纸,几个解放军同志正在讨论着什么。外面虽然很冷,但车厢内却暖洋洋的。

包围，在北方大平原上奔驰着。

此刻，列车的车厢里，却一片温暖。来自全国各条战线的旅客们正安静地坐在列车上，或安静地看书看报，或坐在那里休息。

忽然，列车上的广播声响起，大家都不约而同地停下来，静静地听着。广播里播放着《人民日报》1962年的《元旦社论》："1961年过去了。中国人民同全世界人民一样，满怀信心地进入新的一年。在这个时候，想想过去，看看来来，高瞻远瞩，把握全局，是十分重要的事情……1961年我国人民所取得的最重要的成就，就是战胜了连续三年的严重自然灾害……"

旅客们全都注意听着，每个人的脸上都浮现着自豪的笑容。这时，一个身材高大，穿着蓝色工装的人，也坐在

☆"现在播放《人民日报》元旦社论。"车厢里的喇叭响了起来，"1961年过去了，全国人民满怀信心地进入了新的一年，在这个时候，想想过去，看看未来，高瞻远瞩，把握未来，是十分重要的事情……"

旅客中间悉心地谛听着。他就是炼钢炉长赵四海。

广播里在继续播放着《元旦社论》："1961 年，是世界人民在斗争中不断取得胜利的一年……自然，国际斗争的道路，不是平坦的，不是笔直的。天空会出现乌云，海面上会骤起风暴。现在国际共产主义运动中，出现了一些不能不使人感到痛心的事情……"赵四海听到这里，脸上现出严峻的表情。

☆"1961 年是全世界人民在斗争中不断取得胜利的一年。自然，国际斗争的道路不是平坦的，天空会出现乌云，海面上会骤起风暴，现在国际共产主义运动中，出现了一些不能不使人感到痛心的事情……"赵四海悉心地谛听着，表情渐渐严肃了起来。

第二章

合金钢板大难题

在一间软席卧铺车厢里，上海某钢铁厂厂长白显舟听完了《元旦社论》，心情也很不平静。他正和一个海军干部谈话。刚才，两个人还在热烈地讨论着国际形势。

白厂长面色凝重，语调也有一些沉重地说："事情发展到这个地步，真是想象不到。"那位海军干部说："对这场

☆软席车厢内，上海钢铁厂厂长白显舟同一位海军军官正在认真讨论着广播里提到的国际局势。"这场斗争，我们要有充分的思想准备！"海军军官有力地按着桌子。白显舟沉重地叹了口气："事情发展到这个地步，真想不到。"

斗争，我们要有充分的思想准备。"

正在这时，卧铺车厢的门开了，赵四海面带微笑地走了进来。赵四海笑着对白厂长说："厂长，《元旦社论》……"从他的声音和步态来看，他是想和白厂长谈这件事的，但是当他看见有陌生人在场，就没有继续说下去。

厂长看了看他，微笑地回答说："听了。"当他看到赵四海欲言又止的样子，连忙站起来说："我来给你们介绍一下吧。"他先指着那位海军干部说："这位是我多年不见的老战友，现在是舰艇制造方面的专家。"又一指赵四海："他就是我们的炼钢能手赵四海。"那位海军干部连忙站起身来，走向赵四海。赵四海也忙迎上去和那位海军干部亲切握手。

☆赵四海感到目前局势很复杂，来找厂长交流看法。白显舟热情地介绍道："来，我介绍一下，他就是我们炼钢炉长赵四海。这位是我多年不见的老战友，现在是舰艇制造专家。"两人亲热地握了手。海军军官打趣道："哎，好像哪儿见过……噢，报上！"三人爽朗大笑。

海军干部先上下打量了一番赵四海，然后说："我们好像在哪儿见过？"白厂长感到有些奇怪地"噢"了一声。海军干部点点头，肯定地说："是见过。"

白厂长用询问的眼光看着赵四海，赵四海却摇摇头。

海军干部忽然笑着说："是的。我想起来了。是在报纸上。"听到这一句话，三个人都笑了。

白厂长笑着对海军干部说："你的记忆力还是那么好！"

海军干部感慨地说："不行了，和当年在敌后根据地搞兵工厂的时候不能比了，你还记得咱们那个兵工厂吗？就是 1940 年咱们办的那个兵工厂。"

白厂长笑着说："当然记得啊。那能算什么工厂啊。和现在比起来，那只能算个铁匠铺了。"

☆白显舟招呼大家坐下："我们谈谈眼前的这个难题吧！"军官顿时收敛了笑容，严肃地说："他们想控制我们的国防，提出和我们搞联合舰队，被我们严正地拒绝了。之后他们就撕毁合同，撤走专家，切断一切供应。"说着他拿出一个小包。

海军干部先自豪地说："哎，别忘了，我们在那儿干出了什么样的事业呀！"又转身对赵四海说，"你们的厂长可不简单啊，那时候，敌人封锁我们，你们厂长……"

赵四海注意地听着，可是白厂长却打断了海军干部的话："算了，那是过去的事了，还是谈谈眼前你这个难题吧！"

海军干部收敛起笑容，沉默了片刻，愤愤地说："这个自称是社会主义的国家，想控制我们的国防，提出要和我们搞联合舰队。被我们拒绝了之后，他们就撕毁合同、撤走专家、断绝一切供应，一心要搞垮我们的海军建设，破坏我们新舰艇的制造。"

说着，他从手提包里拿出一包东西，递给白厂长和赵四海："你们看！他们居然还以次品充好货，这就是他们口

☆"看，还以次品充好货，这就是他们口口声声的'兄弟情谊'和'无私援助'！"海军军官指着小包气愤地说。赵四海接过小包打开一看，双眼冒出了怒火："太卑鄙了！"

口声声的'兄弟情谊'和'无私援助'！"

赵四海打开纸包看了看，原来是块报废的钢板。他愤慨地说："太卑鄙了！这是一种什么钢？"白厂长说："我们要炼这种钢，就得大量进口合金。"赵四海问："这是什么钢？"那位海军干部回答说："是特殊合金钢。它的钢号是303，性能要求很严格，国内还从来没有生产过吧？"白厂长点点头说："这是一个难题啊……"

☆"我们要炼这种钢，就需要大量进口合金。"白显舟神情严肃地说道。"是什么钢？"赵四海急切地问。"特殊合金钢，钢号是303，国内从来没有生产过。"海军军官缓缓道出了难题所在。

"特殊合金钢"已经深深印在了赵四海的脑海里。他一边思索着，一边站起来走到门口。赵四海轻轻地自语道："特殊合金钢……"深邃的目光凝视着窗外，他感到肩上的担子沉甸甸的。窗外的黑夜依然是那样寂静，在车厢电灯的余光下，窗外的雪花狂飞乱舞，远方偶尔划过一线线

— 19 —

☆"特殊合金钢······"赵四海思索着站起来，深邃的目光凝视着窗外，轻轻地自言自语。他感到肩上的担子沉甸甸的。窗外的夜依然寂静，在车厢电灯的余光下，窗外的雪花狂飞乱舞，远方偶尔划过灯火。四海陷入了沉思。

灯光。

列车缓缓地开进一个不知名的小站。车站的房屋和月台都被大雪覆盖着。只有车站里点点的灯光表明它的存在。

那位海军干部在这一站中途下车了。白厂长送他到车门口，被海军干部拦住。两个人微笑着互相握手告别。

赵四海帮海军干部提着一只箱子送到月台上，初次相识，彼此都颇有好感地互道再见。

海军干部走了几步，突然又折了回来，只见他从提包里取出那块钢板，意味深长地说："四海同志，留着作着个纪念吧！"赵四海激动地接过钢板，目送着海军干部远去。

这时，扩音器里继续播送着《元旦社论》的结束语："必须看到，最近出现的反华、反共、反人民的浪潮，还可能朝更疯狂的方向发展。对此，我国人民、各国共产党人和全世界人民必须有充分的思想准备，必须保持高度的警惕……"

广播声中，白厂长出现在赵四海的身后，关切地说："风这么大，天这么冷，你快进去吧！"

赵四海没有动。白厂长把自己的围巾摘下来，给他围上。两个人站在那儿，默默地听完了《元旦社论》。

汽笛鸣过三遍，赵四海和白厂长这才跳上了列车的踏脚板。列车又缓缓开动了。车厢外面风雪弥漫，夜色浓重。

赵四海打开海军干部送给他的纸包看了一眼，面对着漫天的风雪，激动地攥紧了拳头。

☆火车到站了，四海、海军军官和厂长在车厢门口握手道别："四海同志，留着作个纪念吧！"海军军官把次品钢块的纸包郑重地递给赵四海。车站的广播里继续播着社论。

在赵四海的家里，赵四海把那块带回来的钢板"啪"的一声摔在桌子上。房间里坐着他的小组的同志们。赵四海站在桌旁，攥紧着拳头，心潮起伏，感觉像是堵了一块铅似的。四海没有理会母亲，大声地说："看，这就是那个自称是社会主义的国家卖给我们的特殊合金钢！"

大家这才开始仔细看这块钢板。钢板从这个人手里传到那个人手里，不过大家一眼就可以看出那上边有条很长的裂纹。气愤的赵四海，站起身来，走到窗边，凝视着窗外。

☆得知四海回家后，工友们都来看望他。"看，这是他们卖给我们军舰上用的特殊钢！"赵四海用力地把钢片拍在桌子上。他心潮起伏，感觉像堵了块铅似的，不由地将头转向窗外。

二助手张大勇叫了起来："啊！这是次品嘛！"赵四海生气地说："这些家伙以次品充好货，以旧代新，高价卖给我们，最近更变本加厉，干脆拒绝供应，连起码的国际信

用都不讲了！"

　　陈友根："这哪儿还像一个社会主义国家！"

　　小高："他们这是想干什么？"

☆友根、大勇和小高等工友们纷纷围上来看。"哎，这是次品么！这……"友根拿起钢块，气得说不出话来。"这是披着羊皮的豺狼……"大家你一言我一语，愤愤不平地议论着。

　　赵四海蔑视地说："干什么？他们是想要我们放弃原则，放弃革命，围着他们的指挥棒转。这办不到！"大家纷纷说："办不到！这简直是白日做梦！"赵四海愤慨地说："就是这些人，还自称是我们的朋友！"现代修正主义者背信弃义的行为，激起了工人们无比的愤怒，也激起了他们的斗争决心。

　　四海的母亲，一个头发花白的退休工人闻声从厨房里走了出来。她对大家说道："孩子们，我们老一辈的工人都知道，混在工人阶级队伍里的工贼，比公开的敌人更

☆"他们用次品冒充好货，高价卖给我们，最近还干脆拒绝供应！"四海回过头来依然心绪难平，"要我们放弃原则，放弃革命，围着他们的指挥棒转。""这办不到！""做梦！"大家纷纷表示了斗争的决心。

☆"孩子们，我们老一辈的工人知道，混在工人队伍里的工贼，比公开的敌人更凶恶！"四海母亲从厨房出来收拾碗筷，听见大家的议论后叮嘱道。

可恶！"

赵四海说："妈说得对！现代修正主义者就是最大的叛徒，他们是什么都干得出来的！但是也没什么了不起的，这种钢我们自己来炼！"大家纷纷响应。

看到大家的热情高涨，赵四海心中有说不出的高兴。他留神到老成持重的陈友根还在沉默着，于是问道："友根，你怎么看呢？"

陈友根仔细端详着钢板，然后说："炼这种钢离不开进口合金原料。"赵四海摆摆手，坚定地说："友根判断得对，可是不能依赖进口啊。"

陈友根有一些不解地望着赵四海，不知道自己的老朋友为什么这么说。赵四海说："我们要自力更生！"陈友根问："你想用国产的合金原料代替进口的？"

赵四海眼中闪着光芒说："对！你还记得吗？1958年的时候，老田师傅带我们炼过一种特殊钢，用的就是我们国产的合金原料。"

陈友根说："可那次并没有成功啊！"耿直的赵四海反驳说："那是因为有人反对！"陈友根有一些担心地说："我看还是稳着点吧！再说，老田师傅已经退休回乡了……"

大勇走到陈友根身边，拍着他的肩膀说："友根师傅啊！人家都卡着我们的脖子了，你还……"

"是啊，我们一定要争这口气！这次在北京开会，听了中央首长的形势报告，又学习了毛主席亲自批示的《鞍钢宪法》，教育很大。毛主席说，在工厂中要实行民主管理，实行干部参加劳动，工人参加管理，改革不合理的规章制度，工人群众、领导干部和技术员三结合，即'两参一改三结合'的制度。"赵四海紧紧攥着拳头，宣誓般地对大家继续说，"咱们工人得发挥更多的作用，尽更大的努力。我

们一定要创出一条自己的路！我们要争这口气，为中国工人阶级争气！"赵四海掷地有声地表达了自己的决心。

☆"这次会议上我们学习了毛主席批示的《鞍钢宪法》，一定要甩掉洋拐棍，走自己发展工业的道路。"赵四海接着提出用国产原料代替进口合金炼舰艇钢的想法。"我看，还是稳着点吧。"友根表示担忧。"不！我们一定要闯出一条路，为中国工人阶级争气！"四海掷地有声地表达了自己的决心。

夜已经很深了。喧闹的黄浦江也安静了下来。机帆船、小木船和万吨巨轮全都静静地停在水面上。江面上各种各样浩如繁星的灯火，这时也逐渐暗了下来。一切都笼罩在雾霭与夜色之中。

但是赵四海家的窗子还亮着。此刻，他正在灯下捧着《毛泽东选集》第四卷，轻声地念着《别了，司徒雷登》："……多少一点困难怕什么。封锁吧，封锁十年八年，中国的一切问题都解决了。中国人死都不怕，还怕困难吗？"

☆夜深了，四海的房间里依然亮着灯，他正在聚精会神地读着毛主
　席的著作。

☆"多一点困难怕什么。"四海情不自禁地读出了声，"中国人民死都
　不怕，还怕困难吗？"他念到这里更坚定了走自力更生之路的决
　心，决定找厂长说出自己的想法。

　　读到这里，他激动地推开窗子，雄伟的钢城夜景呈现在他的眼前。他瞭望着、遐想着，书里的话始终萦绕在他的耳畔："……封锁吧，封锁十年八年，中国的一切问题都解决了。"突然，他像是想到了什么，又像是下定了一个很大的决心。赵四海站起身来，把铅笔扔到桌上，推开窗子，深深呼吸了一口外面清冷的空气，披上衣服，把台灯关了，走了出去。

第三章

四海上门去请战

　　黄浦江边，正是涨潮时刻，狂风掀起直浪，行人稀少。赵四海沿着江边大道，朝远方走去。他走进一个院子，很快地上了台阶，发现窗内有灯光，就轻轻地敲门。

　　白志华出来开门，惊异地叫了一声："赵师傅！"赵四海急切地问："你爸爸睡了吗？"白志华笑着说："还没有呢，他正在和王坚同志谈话呢！"白志华一边说着，一边侧

☆白厂长家。"笃，笃……"白志华听见敲门声，开门一看是赵四海。"赵师傅！"志华热情地叫道。"你爸爸睡了吗？"四海小声地问。志华侧身指着里屋："喏。"原来党委书记王坚也在这儿，正和厂长研究工作。

身指了指客厅。赵四海透过客厅的玻璃门，看到党委书记
王坚正和白厂长坐在沙发上研究工作。

赵四海走进客厅的时候，一个细长身材的中年人走了
过来，这人就是党委书记王坚，他拉着四海的手热情地说：
"一路上辛苦了，怎么还没睡呀？"赵四海笑着说："王书
记，我睡不着啊！"

正说着，厂长白显舟也走了过来，他忙请赵四海坐下。
赵四海笑了笑，开门见山地说："厂长，那个舰艇钢的任
务，咱们接下来吧！"

厂长终于明白了他的来意，微笑地对党委书记说道：
"你看，他半夜三更敲我的门，原来是来做我的思想工作的！"
王书记听了哈哈大笑起来，赵四海也不好意思地笑了。

☆王坚和白显舟见四海来访，热情地站了起来。"四海，你怎么还没睡？"
王坚关切地问道。"睡不着啊！"四海肚子里憋着的话一下子冒了出来：
"厂长，舰艇钢的任务咱们接下来吧！""你看，他半夜三更来敲我的门，
原来是来做我的思想工作的！"白显舟打趣地说。三人开怀大笑。

三个人坐下以后，白厂长将一个饼干盒子递给赵四海，郑重地说："把这个都消灭了！"赵四海忙说："我不饿呀！"

白厂长看了一眼王书记，满怀赞赏地对他说："你看，这就是工人阶级的脾气，一听说任务两个字，就吃不下，睡不着。志华，你在他炉子上劳动，可要……"

白志华一边给赵四海倒水，一边爽朗地说："我一定向赵师博学习！"

正在这时，电话铃声响了。白厂长忙接过电话："喂？……是我啊……嗯……这种钢我们没有炼过啊，而且需要大量进口合金，我们研究一下吧。"王书记、赵四海和白志华三个人在一旁静静地听着。

☆电话突然响起。白显舟稳步走向电话，拿起听筒："喂？是我啊……啊呀，这种钢我们没有炼过呀，而且还要大量进口合金。"白显舟语气里透露着为难，"我们研究一下吧！"

电话打完了。白厂长问王书记："局里说，舰艇钢的炼

造任务到了上海，问我们能不能接？"王书记说："咱们应该接。"

白厂长感到困难重重，为难地摇摇头说："关键是进口合金。厂里的库存早就用光了，今年的还没有批下来。这是关键啊。有了进口合金，倒是可以考虑。"

☆"局里说舰艇钢这个任务到了上海，问我们能不能接。"白显舟搁下电话，走向王坚。"应该接！"王坚肯定地回答。"进口合金库存用光了，今年的还没批下来，这是关键！"白显舟感到困难重重。

赵四海再也坐不住了，连忙站起来说："我们不能用国产合金原料代替它嘛！"

白志华兴奋地看着赵四海问："用国产合金原料代替？"赵四海坚定地说："对！"

不料，白厂长却一挥手，否定了他的想法："那怎么行！"

赵四海连忙解释说："应该可以的。我师傅过去

试过……"

王书记很感兴趣地走过来，加入他们的话题。他问四海："在哪一年？"

赵四海说："就是在大跃进的时候。"

白厂长说："老工人的热情是好的，但科学根据不足，没有成功，就没让他们再试下去。再说，老田师傅也退休回乡了。"

白志华关切地问："有没有留下什么资料啊？"

赵四海说："有，每一炉都有记录的。"

白厂长说："别乱想了，炼这种钢离开进口合金是不成的！"

赵四海说："可是，我们不能靠进口过日子啊！"

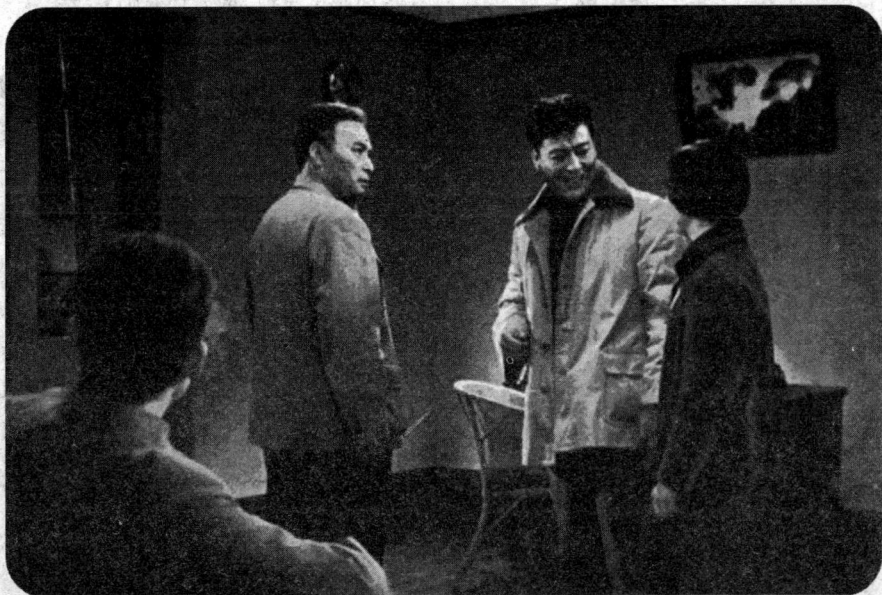

☆"那我们不能用国产原料代替它嘛？"四海急忙说出了自己的想法，"我师傅过去试验过。"白显舟打断他的话："热情是好的，但是科学根据不足，没有成功。""爸爸，我看可以试一试。"志华也插了进来。"别乱想了，炼这种钢，没有进口合金不成。"白显舟断然否决。

白志华笑着说："爸爸，我看可以试试。"

白厂长看了一眼女儿，嗔怪地说："你才炼过几炉钢啊？"

看到父亲不支持，白志华不满地看了父亲一眼。

这时候，站在一旁的党委书记王坚哈哈大笑起来，他委婉地对厂长说："拿炼钢来说，我还不如她呢！不过，我觉得四海他们的倡议很有价值，应该支持。现在国际斗争尖锐复杂，我们应当像他们这样考虑问题。"

赵四海说："别的厂也是一样啊！厂长，接下来吧！"

白志华也说："爸爸，接下来吧！"

白厂长看了看两个年轻人，再看看党委书记，党委书记带着鼓励的目光朝他点点头。

白厂长迟疑片刻，忧心忡忡地说："那就接下来吧！不

☆"我觉得四海他们的倡议很有价值，应该支持！"王坚经过思考表达了自己的立场。"那……那就接下来吧，至于怎么来完成，得听听总工程师的意见，人家是权威！"白显舟见书记表态，只好不太情愿地同意了。

过，用国产合金这件事关系重大，还要听听谭总工程师的意见，人家是权威！"

四海皱了皱眉头，他显然不满意白厂长的这种态度。

党委书记王坚理解赵四海的心情，走过来语重心长地说道："四海同志，走自力更生这条光辉大道，会遇到各种困难，贵在坚持啊！"赵四海听着王书记语重心长的鼓励，坚毅地点了点头。有了毛主席的教导，有了王坚的支持，赵四海有了勇气与信心，决心大干一场。

☆"四海……"王坚缓缓走到四海跟前："走自力更生这条光辉大道，会遇到很多困难，贵在坚持！"四海听着王书记语重心长的鼓励，坚毅地点了点头。有了毛主席的教导，有了王坚的支持，赵四海有了勇气与信心，决心大干一场！

早春的黄浦江面水波荡漾，天空辽阔悠远，浮云高悬。水天相接的地方，高楼林立。一艘轮渡正缓缓驶过江心，好一派生机盎然的景象。

☆早春的黄浦江面水波荡漾，天空辽阔悠远，浮云高悬。水天相接
处，高楼林立，一艘轮渡迎面缓缓驶来。好一派生机盎然的景象。

☆轮渡上，四海和工友们从兄弟厂取经回来。大伙正围着听白志华读
报："在目前这股反华反共反人民的逆流中，蒋介石匪帮也蠢蠢欲动，
我前线军民正严阵以待……""嘿，让他们来吧！"大勇轻蔑地说。
"我们欢迎啊，要好好招待他们！"赵四海诙谐地说。众人哈哈大笑。

轮渡上，赵四海和全组同志们正坐在一起，听白志华读当天的报纸。白志华认真地高声读着报纸："在目前这股反华、反共、反人民的逆流中，盘踞在台湾的蒋介石匪帮也蠢蠢欲动，我前线军民正严阵以待……"听到此处，赵四海激愤地说："让他们来吧，我们不但欢迎，还要好好地招待招待他们。"大家听了都哈哈大笑。

在笑声中，赵四海突然注意到离他们不远处站着一个人，也在那里聚精会神地看报纸。赵四海通过他的背影认出了那个人，热情地走了过去，笑着说："应主任，从哪儿来啊？"

赵四海口中的这个应主任就是钢厂生产调度办公室主

☆这个家伙叫应家培，是从旧工厂里过来的人。上海解放以后，党和人民宽容地把他留了下来，但他仍然不思悔改，暗藏在工人阶级队伍里面，寻机破坏社会主义建设事业。今天他碰巧与赵四海他们乘坐同一条船。"应主任！"听见四海喊他，应家培心怀鬼胎地转过头来。

　　任应家培，是个颇得厂长信任并且有实权的人物。赵四海知道应家培是从旧社会过来的工人。上海解放以后，党和人民都宽容地把他留了下来。其实，赵四海还不知道，应家培是一个不思悔改的家伙，是暗藏在工人阶级队伍里寻机破坏社会主义建设的坏分子。

　　此刻，应家培也听到了喊声，忙回头看，手里还拿着报纸。应主任忙故作热情地笑着跟他打招呼："哦，是四海啊，你好。"很快，他又显出一副很焦虑的神情说："厂长让我去催进口合金。唉，又是白跑一趟。"他指了指报纸接着说，"要打仗了，形势严重啊！"

　　赵四海笑着说："没什么了不起的，新中国成立十几年来，敌人哪一天不妄想包围我们，可我们一天比一天好！"

☆"从哪来啊？"四海打着招呼。"厂长让我去催进口合金，又白跑一趟。"应家培指着手中的报纸，一副忧国忧民的样子，"要打仗了，形势严重啊！""没什么了不起的，新中国成立十几年来，敌人哪一天不妄想包围我们，可是我们一天比一天强啊！"四海语气坚定地说道。

应家培一听赵四海的话，连忙助兴地高声说："完全对！"继而又转过话题，问大家："你们干什么去了？"

陈友根说："我们到兄弟厂取经去了。"小高笑着说："听说我们要炼'争气钢'，全都大力支持呀！"应家培奉承地说："好啊，看来只有你们这一条路了，祝大家一帆风顺！"

赵四海微笑着望着远方，一艘小拖轮正逆水前进，浪花飞溅，他有感而发地回答说："不会是一帆风顺，但是会成功的！"

清晨，在炼钢厂的大道上，赵四海手里拿着一本书，从大楼里走出来，迎面碰上了仓库保管员和他的助手。

保管员关切地问："四海，你们的方案搞得怎样了？"

赵四海笑着说："还有个数据没拿到。"

保管员说："凭你们这股干劲，一定能成功，现在仓库里又进了一批国产合金，够你们用的了！需要我们帮助的，你就尽管说。"

赵四海说："谢谢你啊！"

保管员一边挥手离开，一边说："别客气。"

赵四海往前走了几步，又被两个上早班的料场女工拦住了。女工刘大姐老远就冲他喊道："四海，你们的方案什么时候上啊？"

赵四海笑着大声回答："刘大姐，快了！"

在刘大姐身边的年轻女工福妹，听到这一消息，兴奋地说："那可太好了！"

此刻她们俩来到了赵四海的身边。刘大姐说："昨天我们料场也开过会了，为了炼出'争气钢'，我们保证做到'大军未动，粮草先行'。你们要什么，我们就给什么！"

赵四海感激地说："有了大家的支持，我们的信心更足了！"

　　赵四海刚要走，刘大姐又把他叫住了。刘大姐仔细地打量了一下赵四海，充满关切地说："你可要注意休息呀！"

　　赵四海笑着答应了一声，快步走去。刘大姐望着赵四海远去的背影，感动地说："你看他，人瘦了，眼睛也都熬红了！"

☆回到钢铁厂，赵四海碰见正在料场忙碌的刘大姐和福妹。刘大姐说："昨天我们料场也开过会了，为了炼出'争气钢'，我们保证做到'大军未到，粮草先行'。""那我们的信心就更足了！"四海说着要走，被刘大姐拦住。刘大姐仔细打量着四海，关切地嘱咐："你要休息！眼睛都熬红了！"

　　赵四海朝化验室的方向走去，他要去化验室拿数据。在化验室里靠窗口的地方，有个专做试验用的小炉子，从炉膛里喷出炽热的火焰。白志华正站在炉前悉心地观察着。

　　赵四海拿着一本书走进来。

　　看到白志华正聚精会神地盯着实验炉，赵四海把声音压低了一些问："怎么样了？"

白志华苦恼地说："状况还是不乐观。这个元素太调皮了，简直像一匹野马，性能很不稳定。"

赵四海乐观地对白志华说："你知道吗？好的骑手是最爱训练调皮的野马的，训练成功就是千里驹呀！"

白志华被赵四海的乐观逗笑了。

赵四海把手上的书交给白志华："这是技术科给的资料，你参考一下吧。"

白志华把书接过去，笑着说："好。"

赵四海走到实验室的水龙头旁边，用凉水洗了洗脸，以舒缓自己的困意与疲劳。

洗完脸以后，赵四海指着桌子上的一本书对白志华说："这本书找了很久，原来是厂长借去了，你爸爸对技术钻研

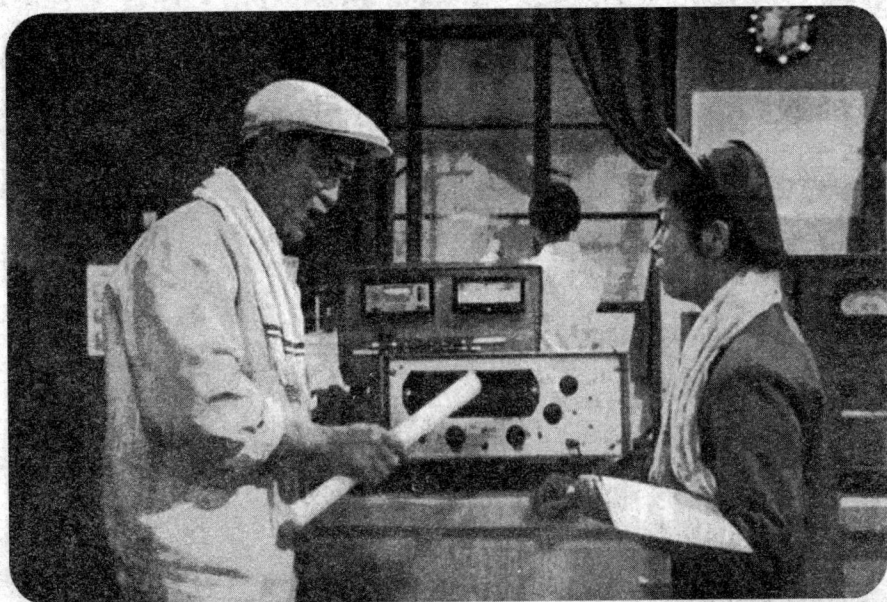

☆化验室里，白志华正全神贯注地盯着实验小炉。"怎么样？"四海急切地走进来问道。"熔点很不稳定，这个元素太调皮了，简直就像一匹野马！"志华焦急地说道。"你知道吗？好的骑手最爱训练调皮的野马。"四海非常乐观。

— 43 —

很深呐!"

白志华说:"是啊,人家说他快变成半个专家了。他常说,刚进城的时候,因为自己不懂技术,有人骂他是土包子,和专家权威在一起话也说不响,从那以后,他就拼命地钻技术,凡是有关炼钢的书他都看。可是我觉得,他学得越多,思想反而越保守了。"

赵四海说:"是啊,大家对他是有些议论……"

正在这时,陈友根、大勇他们相继走了进来,这场谈话就没有继续下去。

大勇看见小高伏在案板上睡着了,走过去想叫醒他:"嗬,睡得好甜啊!"

赵四海连忙制止大勇,轻声地说:"一连几个晚上他都

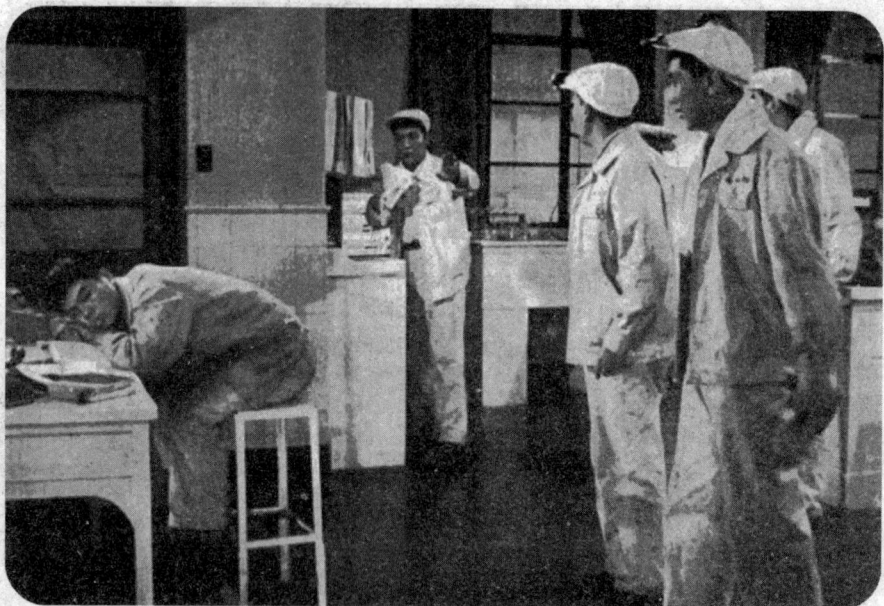

☆"嗬,睡得好甜啊!"大勇和两个炉前工走了进来,见小高趴在桌子上睡着了,举手欲惊醒他。"嘘……"四海连忙制止。是啊,这些天大家都太累了,为了生产出我们的'争气钢',大家达到了废寝忘食的地步,四海为小高盖上了衣服。

没有好好睡一觉了。让他好好睡一会儿吧。"说着，他轻轻地走过去，将一件衣服给小高披上。又发现小高坐的凳子太高，两只脚悬空着，很不舒服，就弯下身去，轻轻地将小高的两只脚放在踏脚板上。

陈友根、大勇他们看了很感动。

这时，白志华走过来问赵四海："赵师傅，老田师傅的记录本上用了很多代号，我看不大明白。"

赵四海接过记录本翻看着，感慨地说："他的文化不高，可是他为了试用国产合金，花了多少心血啊！应当到乡下去一趟，再好好问问他老人家。"

☆"赵师傅！"志华说，"老田师傅的记录本上用了很多代号，我看不明白。"
四海接过记录本翻看着解释："他的文化不高嘛。当时他为了炼这种钢，花了不少心血。应当到乡下去一趟，好好问问他。"

红色经典电影阅读

第四章
进山请教田师傅

　　刚刚落过一场春雨，阳光射出云层。江南水乡，到处春意盎然，生机勃勃。赵四海坐在长途汽车里，贪婪地望着窗外的景色。汽车进山了，行驶在崎岖的山路上。山上万绿丛中不时闪过一抹火红，吹面不寒的春风也带来缕缕花香。沿着山路汽车慢慢往上走，路两边竞相开放着一簇簇、一丛丛艳丽夺目的杜鹃花。有火红、淡红、雪白、粉

☆暖春的农村，草长莺飞，一条长河逶迤蜿蜒，巍峨群山夹河耸立，大桥
　飞架两岸，一辆汽车从桥上缓缓驶来。好一幅迷人的南国春江图！

红、淡黄等多种颜色。花影重叠，枝叶相交，望之若霞，染得群山重峦，春光火红。一条长河逶迤蜿蜒，巍峨群山夹河耸立，一座长桥飞架两岸，汽车从桥上缓缓驶过。

下山以后，道路变得宽阔了，春意也更浓了。惠风和畅，杨柳怡人，嫩嫩的树叶在风中欢快地跳跃着，奋力汲取着阳光，散发着清新。路边的小草柔柔的，软软的，但柔软中又透着几分坚强。阳光透过树叶洒在树上，留下一个个舞动的光斑，在风的旋律里，不断变换着动人的舞姿。鸟儿们在枝头蹦来跳去，时飞时落，偶尔落在地上，如绅士般在草坪上踱来踱去，迈一步，缩一下头，煞是可爱。一片片金灿灿的油菜花，汇聚成了金色的海洋，散发着四溢的芳香，使人一下就陶醉了……赵四海坐在车中，欣赏着美丽的风光，心里感叹着："好一派迷人的南国风光啊！

☆赵四海坐在车子里向窗外眺望着。公路旁绿油油的稻田，高高耸立的水库大坝都透出勃勃生机，预示着兴旺发达。微风拂面，四海被这美丽的春光陶醉了！他心里想，我们的社会主义建设事业不正如同这春天吗！

真是太美了。"

等到了老田师傅的家乡，赵四海身背雨伞下了车。不过，赵四海还是第一次来这里，他拿不定主意应当往哪里走。他一抬头，看见山坡上有几个采药的红领巾在那里忙碌着。于是，他招手向他们大声问道："哎，小朋友，我有个事情要请问一下。"那几个红领巾停下来说："什么事啊？"赵四海说："有个老田爷爷你们认识么？他现在在哪儿啊？"

一个小朋友回答说："田爷爷在工地上，我带你去吧！"赵四海笑着说："不用了，我自己去找！你们忙着吧。"

赵四海朝着小朋友手指的方向走去。在高高的石坝上，有一条醒目的标语写着"自力更生，奋发图强"八个大字。

高坝下边，是一片忙忙碌碌的工地景象——只见大人小孩、妇女老人，有的挑土，有的推车，有的砌石头。今

☆"哎，小朋友，来来，有个老田爷爷在哪儿？"乡间小道上，四海热情地向正在路旁采药的小朋友打听。"在前面，我去告诉他！"小朋友轻快地答应着，说完就飞快地向水电站建设工地跑去。

天为了我们自己的幸福生活而劳动，为建设社会主义新事业而劳动，广大人民豪情万丈，干得热火朝天。

☆水电站工地上，人流如织，热火朝天。坝基上砌着"自力更生，奋发图强"八个大字。男女老少们正在紧张地劳动着。今天为了我们自己的幸福生活而劳动，为建设社会主义新事业而劳动，广大人民豪情万丈。

　　这是多么激动人心的劳动场面啊！赵四海看得入神了。正在这时，不远处有一辆满装碎石的车子吃力地爬着高坡。赵四海急忙跑过去助一臂之力。在他的帮助下，车子飞快地爬上了高坡。拉车的人回过身来，惊叫道："四海！"四海同样意外地叫起来："师傅！"

　　师徒俩奔到一起，你看着我，我看着你，全都高兴得说不出话来。老田喜出望外地说："是你呀，我说哪来的大力士呢？"

　　赵四海仔细打量着师傅，好长时间不见，师傅老了，不过还是那么精神矍铄，还是那么有干劲。赵四海打心眼

里高兴，笑着说："师傅，您还是闲不住哇！"

老田师傅自豪地对赵四海说："大队里要盖水电站，我们是自己动手，没有向国家要一分钱，连设计也是我们自己搞起来的。"赵四海听了师傅的介绍，看着这热火朝天的工地，无限感动地点着头："真是白手起家，自力更生啊。"

☆四海在工地上和老田师傅相逢了。久别重逢，看着自己敬爱的师傅依然精神矍铄，四海打心眼里高兴。师徒二人紧紧地握手，互诉重逢的喜悦之情。

老田师傅放下车子，笑着说："是啊。走，咱们别在这里待着了，到家里去吧。"

赵四海忙说："不啦，师傅。我今天还要赶回去呢。"

老田师傅听了，有些生气地说："你还是这个脾气。什么事这么着急啊？"

赵四海说："现在国防上需要一种特种钢，修正主义却卡我们的脖子……"

老田师傅抽了一口烟，有些生气地说："修正主义卡我

们？那咱们就用国产原料嘛！"

赵四海看了看师傅，笑着说："我就是为这事来找您的。"

老田师傅思索了片刻说："好，我跟你回厂去。"

赵四海拉住师傅的手说："师傅，你可得仔细给我讲讲啊。"

老田师傅笑着说："没问题啊。可是在这里怎么给你讲呢？你也得到家里去呀，让你师母也高兴高兴。大家都好吗？"

赵四海笑着说："都好，都很想您。"

老田师傅又问："王坚同志和白厂长呢？"

赵四海回答："王坚同志到北京开会去了，白厂长到太湖去找总工程师了……"

听到赵四海说炼制舰艇钢遇到了困难，老田师傅的眉头渐渐拧成了麻花。这位老炼钢工人是多么想尽一份力啊。

☆赵四海向老田师傅详细诉说着炼舰艇钢面临的困难，想请老田回厂相助，并告诉老田师傅白厂长去太湖找总工程师了。老田仔细听着，眉头渐渐拧成了麻花。他坚定地表示愿意同四海一起回厂。

第五章　白厂长「迷信」专家

此刻，白厂长也到了太湖。太湖位于富饶的上海、南京、杭州三角区域中心，周围则群星捧月一般分布着淀泖湖群、阳澄湖群、洮滆湖群等。纵横交织的江、河、溪、渎，把太湖与周围的大小湖荡串连起来，形成了极富特色的江南水乡。它是中国东部近海区域最大的湖泊，也是中

☆太湖疗养院的林荫小道上，白显舟正在和总工程师交谈着。总工程师说："厂里要炼舰艇钢，我全力支持。如果需要，我今天就跟你回厂。"白显舟拿出四海和工友们设计的国产原料代替进口合金的方案同总工程师探讨，被总工程师否决了。

国的第二大淡水湖，是中国著名的风景名胜区。湖区号称有四十八岛、七十二峰，湖光山色，相映生辉，其不带雕琢的自然美，有"太湖天下秀"之称。

在太湖旁边，有一所疗养院。它独占太湖风景最美一角，山环水抱，雄秀相济，气象万千，天然胜景与人文景观和谐辉映。在疗养院的长廊里，白厂长和谭总工程师迎面而来。这位总工程师满头白发，高高的鼻梁上架着一副金丝边眼镜，眉宇间显出学者的风度。

太湖中水光潋滟，太湖岸游人如梭。两个人边走边谈。看样子，厂长已经把修正主义集团背信弃义的事情告诉了这位谭总工程师。谭总工程师也很气愤，连声说："他们太不够朋友啦，太不够朋友啦！"

白厂长说："现在形势逼人，我们要抓紧时间啊！"

谭总工程师信心满满地说："厂里要炼这种钢，我全力以赴！"这位老人的满腔热忱与自信，深得白厂长的敬佩。不过白厂长还是有所担心，那就是谭总工程师的身体不太好。厂长试探地问道："您的身体……"

谭总工程师毫不在意地说："没关系，如果需要，我今天就跟你回厂！"

白厂长欣喜地看了看谭总工程师，心里总算有了一些底气。他笑着说："不，您就在这儿搞方案，我给您派个助手来。不过，有个问题要跟您商量一下，进口合金原料很缺，能否用国产原料代替，工人们搞了个方案……"

说着，白厂长从口袋里掏出方案递给谭总工程师。谭总工程师接过方案，看也不看，就摇了摇头。

白厂长问："怎么？不行吗？"

谭总工程师叹了一口气说："很久以前，我做过这方面的研究，还写过论文……"

白厂长脸上浮现出敬佩与期待的表情。但是，谭总工

程师说到这里摆了摆手，好像要赶掉什么讨厌的事情似的。他把方案还给厂长，"现在看来，那些想法都太幼稚了！"

白厂长急切地问："怎么？没有成功？"谭总工程师点了点头。

白厂长问："那……那您的论文？"

谭总工程师思索了一会儿说："理论上是说得通的，但实际上办不到。科学不是幻想啊！"

白厂长听了谭总工程师一席话，刚才那种兴奋的心情一扫而光。他将工人的方案慢慢地塞进口袋，双眉微微锁起。太湖的山光水色，在他的眼中似乎也黯淡了许多。

他们两个人低着头往前走，突然发现一道篱笆堵住了去路，只见上面挂着一块牌子，写着"此路不通"四个字。

☆总工程师告诉白显舟他以前做过这方面的探索，也写过论文，都没成功，他说："科学不是幻想呀。"两人边走边谈，不知不觉走到了林荫路的尽头。路口已被竹篱笆堵死，提示牌上面赫然写着四个红色大字："此路不通"。

总工程师首先笑起来。厂长定睛一看，愣了一下，也跟着笑起来。在笑声中，厂长自嘲地说："我们这两个人呐……"两个人边笑边退了回来。

☆"哈哈哈……"面对提示牌，两人都大笑起来。白显舟自嘲地对工程师说："咱们俩个呀……"他们只能转过身，笑着走上回头路。

为贯彻民兵工作"三落实"和当时东南沿海的紧急战备，钢铁厂也掀起了民兵训练高潮。这天，是钢厂基干民兵打靶的日子。"钢铁民兵师"的大旗迎风招展。浩浩荡荡的队伍开出厂门，赵四海小组的人差不多都在里边。队伍来到厂外靶场，靶场上挂着"提高警惕，保卫祖国"的横幅。赵四海小组的人开始卧倒射击。

一阵"哒、哒、哒、哒"的枪声，子弹"嗖嗖"而过。画着敌人头像的靶子，一个个应声倒地。

在靶场上，赵四海正抱着机枪在练习射击。他认真瞄准，仿佛眼前真的有敌人，双眼中迸出仇恨的怒火。

☆雄壮的进行曲中，赵四海带着民兵队伍扛着钢枪，举着靶牌，雄赳赳气昂昂地从钢铁厂大门阔步而出。赵四海和工友们用他们手上的钢枪向国内外反动势力宣誓，任何妄想都必定在中国人民面前被击得粉碎！

☆靶场上，赵四海瞄准靶牌，双眼迸出仇恨的怒火。他扣动扳机，机枪喷出愤怒的火焰，靶牌应声倒地。

生产调度室主任应家培在路上走着，突然远远传来一阵枪声，他吃惊地站住了，随后似乎明白了是怎么回事，冷冷地一笑，心里嘀咕道："这些天他们又是打靶，又是要炼舰艇钢，看样子，蒋介石真的要打回来了！应家培，应家培，你有出头之日了！"

又是一阵密集的枪声，应家培吓得慌忙躲开。

☆应家培在钢锭中行走，听到枪响，条件反射地躲到钢锭后面，又悄悄地探出了头，他满眼仇恨地注视着靶场方向。"又是打靶，又是炼舰艇钢，看样子蒋介石真要打回来了！"应家培自言自语道。他决不能让四海的方案成功，他要疯狂地破坏！

调度员小马骑着自行车飞驰而来。小马气喘吁吁地对赵四海说："厂长找你，快去吧！"

赵四海把枪交给陈友根，自己站起来就要往厂里走。小马连忙说："四海，你还是骑我的车去吧，这样快一点。"

赵四海笑着说了一声"谢谢"，就接过小马的自行车，骑着

☆"四海，四海……"小马骑着自行车飞快地赶到赵四海跟前，满脸欣喜地说，"四海，快快，厂长找你。"四海听了，连忙放下手中的枪，接过小马的自行车，飞快地走了。

飞奔而去。

众人都围拢过来，把小马围在当中。大勇急切地问："小马，是不是我们的方案批下来了？"小马笑着说："八成是！白厂长刚从谭总工程师那里回来，就找你们炉长去，总是好事儿！"听到这话，小高兴奋地跳起来。他笑着说："太好了！我们要炼舰艇钢了！"

在白厂长的办公室里，赵四海显然已经坐了很久了。白厂长还在劝他放弃他们小组的方案。

白厂长说："四海，你们的精神是好的，可是生产任务这么重，我怎么能拨给你们炉子，干没把握的事呢？"

赵四海不甘心地解释说："可是，这个月的任务我们提

☆"是不是我们的方案批下来了?"大勇急切地问道。"八成是,厂
长刚从总工程师那里回来,嘿,准是好消息!"小马充满信心。
"太好了!"大家一片欢腾。

☆"你们炼'争气钢',精神是好的,可生产任务这么重,我怎么
能拨给你们炉子干这种没有把握的事呢?"白显舟对四海的方案
委婉地给予了否决。"这个季度的生产任务,我们已经提前完成
了。"四海不甘心地辩解道。

前完成了啊……"

正在此时，电话铃响了。白厂长站起身来，走到电话机旁边，拿起话筒。电话是应家培打来的。

应家培在电话那头说："……刘副局长让我告诉你，申请进口合金的报告已经列入紧急项目发到国外了……"

这一头，白厂长握着话筒，先是很高兴，后又有些吃惊地叫道："怎么，价格提高了几倍？好吧……"

☆"铃……"电话突然响了起来。白显舟操起听筒："喂，是的。"电话里传来应家培的声音："刘副局长说我们的报告已经列入紧急项目，发到驻外商务代办处了。""怎么，价格又提高了几倍？"白显舟听了眉头一皱，但无可奈何，只好答应了。

白厂长放下电话话筒，对四海说："四海，进口合金原料有着落了。我看啊，你们就不用再试了吧！"

赵四海走到白厂长身边，急切地说："厂长，对方的条件这么苛刻，价格又提高了几倍，我们不应该接受。"

白厂长叹了一口气说："有什么办法呢？国防需要啊，就是条件再苛刻，我们也得进口。"

赵四海说："厂长，依赖进口，这不符合自力更生的精神啊。"

☆白显舟放下电话，告诉四海："进口合金原料有了着落，你们就不用试了。"但四海觉得对方条件苛刻，价格又提高了几倍，不应该接受。厂长认为国防需要，条件再苛刻也得进口。四海劝说道："厂长，依赖进口，不符合自力更生的精神。"

厂长不但不听四海的话，相反兴致勃勃地开导起赵四海来："现在主要的矛盾是没有进口合金。"他拿起一本厚厚的书放在办公桌上，有了进口合金，"我们就有了这种钢，"又加上一本书，"有了这种钢，就可以满足国防的需要，"又加上一本书，"这个辩证关系你懂吗？"

赵四海笑了笑："这样一来，进口合金就成了基础啦！要是人家把基础破坏了……"说着，赵四海把代表"基础"

的那本书抽掉，上面的书一齐掉在地上，"就会出现这样的局面！厂长，我们要从政治上考虑问题啊！"

☆白显舟坚持认为主要矛盾是没有进口合金。四海以一摞书作例子反驳他："这样一来进口合金不就成基础了？要是人家把这个基础破坏了……"四海轻轻地抽走最下面一本代表进口合金的书，顿时书散落一地。四海指着地上的书对白显舟诚恳地说道："我们要从政治上考虑问题啊。"

"政治，现在钢就是政治。你回去好好想想吧！"厂长理直气壮地说。

赵四海思索着走到门口，停顿片刻，又转回来说："厂长，'钢就是政治'，这个说法不合适，应当是政治统帅钢，不是钢统帅政治呀！"

白厂长听到赵四海如此说自己，心里非常不痛快。但他仍旧抑制着情绪，用尽量平和的语气说："四海，我看咱们两个就不要争了。你我都是共产党员，现在最重要的是完成党的任务，在这一方面我们俩是一致的。"

不料，赵四海却不肯妥协。他严肃地说："我看不一致。"

白厂长听了以后，不高兴地站起来，看了看手表说："我现在要到局里去一趟，关于不一致的问题，咱们以后再谈吧！"

说着，他就拿起公文包，向门口走去。突然，赵四海把他叫住了："厂长！"

白厂长回过身来望着赵四海，不知道他还要说什么，满脸不耐烦的表情。

赵四海坚定地说："我要求把这个问题拿到党委讨论。"

对赵四海的这个提议，白厂长感到十分意外。他踌躇了一会儿，颇为不悦地说："好吧！你也来列席听听，会上充分说明你的观点。"说完，他带着明显的不满情绪，气呼呼地走了出去。

☆白显舟大声说："现在钢就是政治！你回去好好想想吧。"四海思索着走到门口，又转回来指出这说法不对。白显舟拿起公文包，不耐烦地说要到局里开会，以后再辩论。四海要求把方案提交党委会讨论。白显舟很意外地说："好吧，你可以列席听听，会上充分说明你的观点。"

第六章

党委会上大讨论

在工人休息室里，大家纷纷议论着这件事。陈友根耷拉着脑袋坐在凳子上。大勇大声地嚷嚷着："厂长他为什么不批准？"

陈友根说："还是那句话，叫咱们等进口。"

大勇生气地说："什么都是进口的好，这是个什么思想啊？"

☆工人休息室里，大家对厂长的决定议论纷纷。"我们的方案要在党委会上讨论啦！"一个炉前工兴冲冲走了进来，"是四海提出来的，他也参加。"小高和大勇听了，心里一振。"四海怎么老和厂长拧着干，这样下去要犯错误的。"友根焦急地说道。他对四海的做法并不认同，并为四海担忧。

　　"洋奴哲学！"小高脱口而出，气愤地说。

　　陈友根连忙制止道："哎，可不许乱说！我看算了，领导既然决定了，咱们应该执行。"

　　这时，一个炉前工推门进来，大声地告诉大家："我们的方案要在党委会上辩论了！"

　　"什么？你从哪儿得到的消息？"陈友根对这一消息感到很意外。

　　那个炉前工回答道："听说是四海提出的要求，厂长同意了，他也参加。"

　　陈友根听说四海要参加辩论，感到这样干有点太过分了，他焦急地说："四海怎么可以和厂长拧着干，这样下去，要犯错误的！"

☆"四海，厂长水平比咱们高，咱们跟着干就行了，你何必……"去党委会的路上，友根劝说着四海。"友根，咱们工人在大是大非面前可不能有一点含糊啊！"四海语重心长地教育友根。"我是怕你犯错误。"友根说。"如果是我错了，就改！对的，一定坚持！"四海坚定万分。

说完，他就急匆匆地走了出去，去找赵四海。

在厂内的大道上，陈友根苦口婆心地劝说着赵四海："四海，厂长水平比咱们高，咱们跟着干就行了，你何必……"

赵四海理解陈友根的心意，耐心地对他说："友根，咱们工人阶级在大是大非面前可不能有一点含糊啊！"

陈友根说："我是怕你犯错误啊。"

赵四海注视着老朋友的眼睛，坚定地说："如果是我错了，就改，但对的，一定坚持！"。

转眼就到了党委开会的日子，等得焦急的大勇、小高等人，又一次推开会议室的门，却被秘书拦住了。

秘书笑着问："哎，你们怎么又来了？"

大勇压低声音急切地问："我们的方案通过了吧？"

☆党委会会议室外，大勇、小高和一个炉前工闯了进来。"哎，你们怎么又来了？"秘书拦住了他们。"哎，我们的方案通过了吧？"大勇非常急切。"正在辩论呢！"秘书很小声地回答。"我同意用进口合金。""我不同意，咱们应该支持四海的方案。"会议室里传来激烈的辩论声。

秘书看了一眼会议室的门说："里面还在辩论呢。"

小高笑着说："通过了告诉我们一声。"

秘书点点头。他们走后，秘书拿着记录本朝正在开会的里间走去，找了一个空位子坐下，开始记录。

党委书记王坚在北京开会还没有回米，今大的党委会议是由厂长白显舟主持的。

赵四海和白厂长都发过言了，从表情上看，两个人的情绪都很激动。会场的气氛也很紧张。白厂长抽了一口烟问："还有谁要发言？"

☆会议室里，如同战斗的间歇，突然沉寂了下来。王坚书记由于去部里开会而缺席，会议由白显舟主持。"还有谁发言？"白显舟环顾众人问道。"从任务的重要性来看，我支持用进口合金。这是比较可靠的。"一个中年委员表示了自己的意见。

一个支持白厂长的中年委员开始发言："……从任务的重要性来说，我支持用进口合金原料，这是比较可靠的。"

一个女委员显然是支持赵四海的意见："我不同意用进口合金原料。现在用什么合金，不是一个技术问题。"

☆"我不同意！"一个女委员对用进口合金表示异议。她顿了一下，提出了问题关键所在，"现在用什么合金，不是一个技术问题。"

赵四海接着那位女委员的话说："是的，这是一个原则问题，是要不要'独立自主、自力更生'的大问题！"

"总不能排斥进口吧！"白厂长不甘示弱地插话道。白厂长对赵四海把不用进口合金钢原料上升到原则问题很不满意。

赵四海说："我们当然不排斥进口，更不反对在平等互利的基础上互通贸易。但是，我们的基点必须是自力更生，这不仅仅是因为'帝（帝国主义）、修（修正主义）、反（反革命分子）'卡我们，就是将来形势变了，我们也要讲自力更生！革命要靠自己，也可以说，要不要自力更生，

☆"是的！"四海接过话茬，斩钉截铁地说道，"这是个原则问题。是要不要独立自主，自力更生的问题！"

☆白显舟听到四海把用不用进口合金上升到原则问题，很不满意。"总不能排斥进口吧！"他毫不示弱。

就是要不要革命的问题。"

☆"对，不排斥进口，也不反对在平等的基础上互通贸易。"赵四海说着站了起来，"但是我们的基点必须是自力更生，这不仅仅是因为'帝、修、反'卡我们。就是将来的形势变了，我们也要讲自力更生啊，革命要靠自己。也可以说，要不要自力更生，就是要不要革命的问题。"

当然，他不能在原则问题上与赵四海争辩，不过他也开始讲述现在实际面临的困难："现在军工任务需要，不这么做，就拿不到钢。没有钢，我们的舰艇怎么建造？这种合金钢是人家外国摸索了几十年才找出这条路子，我们应当老老实实向人家学习。"白厂长现在已经显得非常不耐烦了，他觉得赵四海纯粹是没事找事，和自己顶着干。

赵四海说："学习，学习也不能跟在别人后面爬啊。厂长，我们现在必须和'帝、修、反'争时间、抢速度，走自己的路呀！"白厂长不以为然地望了赵四海一眼。

— 77 —

☆"现在军工任务需要，不这么做就拿不到钢。"白显舟很不耐烦地说，"人家外国摸索了几十年才找出这条路子，我们应该老老实实向人家学习。"
"学习，学习也不能跟在别人后面走，厂长！"四海竭力想说服厂长，"我们现在必须和'帝、修、反'抢时间，抢速度，走自己的路啊！"

　　会场经过一场辩论又出现了寂静，大家都在沉思着，并没有人说话。其实，白厂长的话也并非毫无道理。当时的我们，的确底子薄、技术差。自己闯，的确存在很大的风险，而且这是为我们的军舰提供用钢啊，怎么敢有丝毫的含糊！
　　"还有谁发言？"厂长有些不耐烦地说，看样子他急于结束这场辩论，"要是没有的话，就……"
　　当厂长正要宣布散会时，一个上了年纪的老委员，打断了白厂长的话站了起来，他先咳嗽了一下，清了清嗓子，然后慢慢地说："我本来以为自己是了解四海的，因为，我看着他怎样长大，看着他怎样成了炼钢能手，看着他怎样

☆厂长不满地扫了四海一眼，会场又陷静寂！大家都在默默地思索着，各自怀着心思。厂长的话也不无道理，的确我们的底子薄，技术差，自己闯，存在很大风险，而且这是造我们自己的军舰啊！可是，四海的发言还是在大家的心里激起了阵阵涟漪。

参加了我们的党。但是，我今天突然发现，自己并不完全了解他。"

初听起来，他的发言似乎是不着边际的，似乎没有谈到点子上，所以，不少的委员都纳闷地看着他。

老委员喝了口水，继续说："在会前，我还听有人说四海坚持自己的方案是个人英雄主义。一开始，我对这个问题认识也很不够。但是听了四海的发言，我认识到，四海站得比我高，看得比我远。他对毛主席的著作学习得比我好。同志们，这是年轻人向我们挑战啊！"

老委员淋漓尽致的发言，说到了大家的心里，会场的气氛为之一变。正当老委员要继续发言的时候，会议室的

☆白显舟急于结束这场辩论。一个老委员站了起来，诚恳而又缓缓地说道："我本来以为自己是了解四海的，因为我看着他怎样长大……"他越来越激动地说，"从他的发言可以看出，四海站得比我高，看得比我远！同志们，这是年轻人在向我们挑战啊！"

门突然打开了。只见老田师傅背着铺盖卷风尘仆仆地出现在众人面前。

老田师傅大声地跟白厂长打招呼："厂长，我向你报到来了！"

白厂长吃惊地看着老田师傅，显然不明白是怎么回事。

老田师傅放下铺盖卷哈哈大笑地说："厂里不是要炼'争气钢'吗？我这个老骨头还能出把力啊！"他又转身对大家兴致勃勃地说："本来呀，大队要建水电站，这也是开天辟地没有的事，大伙让我当参谋……"说到这里，他哈哈大笑起来。大家也跟着大笑起来。老田师傅来到白厂长身边，认真地说："可是那天四海在我们大队控诉了修正主

义的罪行，大伙一听肺都气炸了，一致推举我来参加会战。
炼出'争气钢'，打击'帝、修、反'！"

☆老委员正说着，老田师傅闯了进来。他是来向厂长报到的。他激动地向
　大家描述了大队盖水电站的壮举。这次四海下乡介绍情况，大家听了非
　常生气，一致推举他回厂参加会战，要炼出'争气钢'，打击'帝、修、
　反'！老田语气激昂地向厂长表示了坚定的信心。白显舟尴尬地点了
　点头。

　　　赵四海兴奋地听着。白厂长却尴尬地应付着："好，
好！"各位委员们纷纷给老田师傅让座。

　　　老田师傅坐了下来，点了一支烟，他这时才比较仔细
地看了看白厂长，又看了看大家，突然意识到这里正在开
重要的会议。他连忙站起来，抱歉地朝大家点点头，拿起
东西就要走。赵四海要帮他提铺盖卷，也被他拦住了。老
田师傅有些不好意思地对大家说："你们开会，我先走了。
四海啊，你把东西也给我吧。"

　　老田师傅走了，但是他的话却像是一团熊熊的火焰，燃烧着每一个人的心。大家重新坐好，继续着刚才的会议。

　　老委员继续着他刚才的发言，更加激动地说："同志们，老田师傅不顾路远，从乡下赶来为什么？他带来了五亿农民兄弟的愿望，这不就是对我们最大的鼓舞和支持嘛！'争气钢'这个名字起得多好啊！'帝、修、反'疯狂地反对我们，我们就是要争这口气呀！"

☆"同志们，老田师傅路路迢迢从乡下赶来，为什么？他的话代表了五亿农民兄弟的愿望啊！"老委员又激动地站了起来，老田的话使他更坚定了对四海的信心，"这不就是对我们坚持自力更生精神最大的鼓舞和支持嘛！"

　　绝大多数委员们都赞同地点着头。连开头曾经支持过厂长的那位中年委员，也诚恳地表示要收回自己的意见，支持赵四海炼"争气钢"。大家都看着白厂长，想知道他的态度。

白厂长狠狠地把烟掐灭了。此刻心中虽有一些不情愿，但他还是慢慢地站起来，无可奈何地说："那就上炉子试试吧！不过，我保留自己的意见！"

☆老委员的慷慨陈词在会场里回响激荡着，感染着每一个人。会议再次开始时，支持进口合金方案的中年委员也转变了态度，心悦诚服地说道："我收回刚才的意见！"

听了白厂长的话，赵四海心里震动了一下，默默地站了起来，神情肃穆。墙上悬挂的伟大领袖毛主席的画像似乎也目睹了这场激烈的交锋。赵四海知道白厂长从内心里并不支持他的方案。望着白厂长的背影消失在门外，赵四海预感到未来的斗争还会是严重的。

从党委会回来的路上，路过料场的时候，赵四海看见一辆装满石灰的车子停在那里。年轻的女工福妹站在石灰坑上，大声地说："够了，够了。刘大姐，你快点上来吧。时间太长了，你的眼睛吃不消的！"

☆白显舟猛然站了起来,极力抑制自己的感情,有些意气用事地说
道:"那就上炉子试试吧!不过,我保留意见!"说罢,拂袖而去。

☆四海默默地站了起来,神情肃穆。墙壁上悬挂的伟大领袖毛主席
画像似乎也目睹了这场激烈交锋。望着白显舟的背影消失在门外,
赵四海感到了未来斗争的严重性。

赵四海走过去，关切地问道："福妹，什么事？"

福妹指着石灰坑焦急地对赵四海说："赵师傅，你看！"

赵四海顺着福妹的手势望下去，只见女工刘大姐正戴着口罩蹲在石灰坑里，一块一块地挑选着石灰。坑里的烟雾呛得叫人睁不开眼睛。

赵四海也忙冲着刘大姐喊道："刘大姐，你快点上来吧！"

刘大姐提着筐子站起来，把筐子往上递了一下。赵四海忙探身接过筐子，又和福妹一起将刘大姐拉了上来。

☆四海的方案开始进行试验了。经过料场时，四海看到了正在挑选石灰的福妹和刘大姐。刘大姐甚至跳进石灰坑里，精挑细选出大小均匀的石灰块。虽然很苦很累，但她们没有丝毫怨言。

第七章

合金实验遭破坏

赵四海问："这是怎么回事啊？"

福妹刚要说什么，却被刘大姐打断。刘大姐指着石灰车问道："四海，你看这石灰行不行？"

赵四海走近石灰车，发现石灰块大小都是一样的，非常均匀。

刘大姐笑着说："你们炼'争气钢'，不是要求很严格吗？我们把每块石灰全都拣过了，保证大小均匀，这就是样品！"

☆刘大姐和福妹高兴地推着车子接着忙活去了。看着二人忙碌的背影，赵四海的双眼湿润了，他喃喃地说道："谢谢师傅们！"

赵四海注视着刘大姐满脸石灰一身泥水的样子，异常感动地说："刘大姐，你……"

刘大姐却不以为意地说："哎呀，这有什么啊。为了炼'争气钢'，别说下石灰坑，就是上刀山下火海，也是一句话。这石灰，你说说，行还是不行？"

赵四海抚摸着石灰块，感动地连声说："行，行，行啊！太谢谢你们了！"

"那就太好了。你们什么时候开始炼，打个电话到料场，我们立刻就送来，要多少有多少。"刘大姐高兴地又对福妹说，"总算行了，回去告诉他们，大家的干劲就更足了。"

说着，刘大姐和福妹两人推着石灰车走了。

赵四海激动地目送她们远去，默默地自言自语："谢谢师傅们！"

在车间里，行车的隆隆声、急遽的哨子声、炉膛的吼声，连成一片。

赵四海眼睛通红，站在炉前指挥着加料。

加料机将料槽送进炉膛又拉了出来，烈火把料槽烤得通红。

一阵紧张的战斗之后，赵四海做了一个手势，行车远去。

炉门紧闭，喧闹声顿时低了下去。熔料期开始了。

大勇和陈友根敞开火热的胸膛，对着电风扇吹着。

小高哼着快乐的曲子，走到黑板跟前，在记录表上写了个"8"字，表示这是第八炉钢了。

到了晚上，钢出炉了。赵四海他们立刻把样品带到了化验室进行化验。在一座现代化的光谱仪化验室，整齐摆放着一长列各式各样的检测仪表。

化验员扭动按钮，各种各样元素符号的彩色灯泡开始自动地报告钢样的化学成分。

☆车间里，炉火熊熊。工人们在炉前紧张有序地操作着。

☆"嘘，嘘……"赵四海吹着工哨，双手挥舞，正在指挥加料。

　　赵四海心里十分紧张，眼睛眨都不眨地注视着仪器，希望能有成功的消息。白志华、陈友根、大勇、小高等也

紧张地注视着。

白志华突然"哎呀"地叫了一声，用失望的目光看了一眼赵四海，有一些遗憾地说道："碳还是高！"

☆化验室里，白志华告诉大家，化验结果显示碳还是高。友根、大勇和工友们不禁有些丧气。四海没有说话，默默地看着大家。

听到这一消息，众人感到很失望，都低下了头。

连日苦战，同志们的眼窝都深深地陷了进去，赵四海的眼里也布满了血丝。如果说心里难受的话，那么他这个指挥应该是最难受的。而且，他预感到，还有比技术更多的苦难要去面对。此刻，他更不能退缩，还要给大家鼓劲。

赵四海看了看大家，笑着说："大家都连续干了好几天了，今天晚上大家都回去休息吧！"

大勇焦急地说："四海，这……"

赵四海说："回去好好睡一觉，明天再说。"

经过赵四海耐心地劝说，同志们一个个默默无言地走

了出去。但是赵四海自己却没有动，他拿起化验报告，陷入了深深的沉思。

背后传来了大勇炮筒子似的声音："四海，我对你有意见！"众人都怔住了。

赵四海也闻声回过头来，诚恳地说："好啊！"

大勇气恼地说："你光叫别人休息，你自己的劳逸安排得怎么样？你看你的眼睛……"

在战友们的注视下，赵四海感动地说："好，我接受，让我到凉台上去吹吹风，你们先走吧！"说完，向凉台走去。

战友们以关怀、期待的目光注视着四海，然后和他一起走向凉台。

黄浦江的夜景呈现在众人的眼前。江中直轮成行，汽笛声此起彼落，江那边已是万家灯火。灯火与繁星交相辉映，高低

☆"到底是什么原因呢？"四海心里反复地问自己。他一个人走向凉台，凝望着远方。夜色下的大上海，灯光闪烁，车水马龙。夜风撩动着他的外衣，四海的思绪如野马般奔腾着。

不同的建筑在灯光的照耀下错落有致。这些色彩斑斓的灯光，倒映在波光粼粼的两江水里，就像跳动的音符。

同志们有的靠在栏杆上，有的坐在凳子上，每个人心里都很不平静。白志华第一个打破沉闷的空气，她焦虑地说："什么原因呢？"

赵四海凭栏远眺，同样的问题也在他的脑海里翻腾着。"你在想什么呢？"站在他身旁的陈友根问道。

赵四海回答说："我在想毛主席的一篇著作——《中国革命战争的战略问题》。"

陈友根问："毛主席怎么说？"

赵四海说："毛主席在这篇文章中先讲了什么是战争，又讲了什么是革命战争，最后讲什么是中国的革命战争。毛主席用辩证法一层一层地把战争的规律分析得清清楚楚。

☆"四海，你在想什么？"友根慢慢地走了过来，关切地看着四海。"我在想毛主席的一篇著作。"四海收回思绪，侧过头看着友根，"内容是讲革命战争的。""是讲战争的？"友根满眼疑惑。"对！"四海坚定地说。

毛主席讲道：'中国革命战争——不论是国内战争或民族战争，都是在中国的特殊环境之内进行的，比较一般的战争，一般的革命战争，又有它的特殊的情形和特殊的性质。因此，在一般战争和一般革命战争的规律之外，又有它的一些特殊的规律。如果不懂得这些，就不能在中国革命战争中打胜仗。所以，我们应该研究一般战争的规律，也应该研究革命战争的规律，最后还应该研究中国革命战争的规律。'

☆"毛主席在这篇文章的开头，首先讲什么是战争，再讲什么是革命战争，最后讲什么是中国的革命战争……"四海掉转头，边走边讲。小高、大勇、志华他们都围拢了过来。四海继续说道："使我们既了解了战争的一般规律，又知道了中国革命战争的特殊规律。"

白志华若有所悟地问："你是说，我们还没有掌握住它的规律性？"

赵四海笑了笑："我们掌握了一般的规律，但是还没有

掌握炼这种钢的特殊规律。"

白志华:"特殊规律?"

四海点点头:"是的。也就是毛主席著作中所说的'中国革命战争的规律',用在我们这里,就是指它的特殊规律。"

大勇若有所悟地拍了一下手说:"对,我们要把它的特殊规律找出来。"

☆"你是说,咱们现在是掌握了炼钢的一般规律,还没有掌握好炼这种钢的特殊规律?"志华由此得到了启发。大勇听了,也恍然大悟:"对,要把这种特殊规律找出来!"

一个想法已经在赵四海心中形成,他对大家说:"我在想,工艺是不是还有问题,我们炼的是自己的新钢种,可是有些地方还没有完全跳出别人的老框框。"

陈友根:"那你说怎么办?"

四海充满信心地说:"我们要调整配料比例,加大合金量。"

白志华受到四海的启发和鼓舞，高兴而又坚定地说："对！"

陈友根又有些担心地问："那温度上不去怎么办？"

赵四海说："我想用氧气助燃。你们说吹氧怎么样？"

白志华一听，心中一动，预感到这是一个好办法。她笑着说："吹氧？对，吹氧可以达到二千度的高温。"

陈友根说："这个行吗？我看还是稳着点。"

☆经过热烈的讨论，大家最终找到了吹氧以提高炉温这个好方法。大伙顿时开心地欢呼了起来。是啊，还有什么比克服工作中的困难更能让人喜悦呢！东方微明，晨曦微露，又一个新的早晨即将来临了。四海和工友们的事业也露出了希望的曙光。

赵四海笑着说："就是要破这个求稳思想，让我们丢掉老框框，迈开大步向前闯吧！来，计算一下新的配料方案。"

白志华掏出计算尺，众人都围拢过来。

大勇突然拍着四海的肩膀，大声地说："四海，四海，

你还是没接受我的意见!"

赵四海笑了笑说:"接受了,我觉得克服了一个困难,就是最好的休息!"

大家哈哈大笑起来。东方微明,曙光在望,他们仍然在凉台上讨论着。

在仓库的一角,保管员和应家培两个人在两排密不通风的圆桶中间边走边谈。应家培是来检查工作的。

☆钢铁厂仓库里,应家培在检查工作。"这是给四海他们准备的国产合金。"仓库管理员拿起一块合金给应家培介绍。应家培接过来看:"颜色都差不多嘛。"随手欲放进另一个桶里。管理员急忙制止:"混在一起,可要捅大娄子。"说者无心,听者有意,应家培顿时计上心来。

保管员指着一排圆桶对应家培说道:"这是给赵四海他们准备的国产合金。"

应家培拿起一块合金放在手上掂着分量,又从另一排桶里拿起一块,看了看说:"颜色差不多嘛!"

说完，漫不经心地把两块合金扔在一起。

保管员急忙拣出放错的一块合金："哎，这个东西可不能乱丢，混在一起要捅大娄子的！"

说者无意，听者有心。应家培好像被提醒了一样，若有所思地停住了脚步。

料块在炉膛里熔化着，颜色逐渐由黑变白，从炉门望进去，里面白光闪闪，风声如雷，一片银白世界，倒像一幅北极的风景画，怎么会想到这是一千多度的高温呢！只有炼钢的人才真正懂得"白热化"这个词的含意。

六十多岁的老炼钢工田师傅，今天坚持要跟班，他摘下看火镜，满意地对围在他周围的徒弟以及徒弟的徒弟小高看了看，不去回答这些人提出来的问题，却从口袋里掏出一个小本子，又把铅笔在嘴唇上沾了沾，像小学生一样，一笔一划地写上了某时某刻冶炼正常几个字。钢水的状态显示一切正常，这说明赵四海和工友们的方案是确实可行的。

小高有些不明白地问："老爷爷，组里不是有记录吗？你干吗还记呀？"

老田师傅说："傻小子，这第一手材料，要亲自掌握才可以啊。组里的记录是你写的吧？"

小高点点头说："是啊。"

老田师傅笑着说："看你写得多马虎啊！你把国产合金的国字就这么一圈，像个零，又像个大的口字，真不像话呀，难道说我们的国家就这么空荡荡的，只有一张嘴？"

老田师傅这几句话，说得大家都笑了。

小高有一些难为情地说："那是简体字。您老人家是不是……"

老田师傅认真地说："别吓唬我，政府公布的简体字我都看过，也没见你这个写法。'国'字里边应该是个玉石的'玉'字，说明我们的国家有的是宝贝，明白了吧！"

小高心服口服地点着头。

老田拍着小高的肩膀爽朗地笑了起来："这是跟你说着玩的。不过，要想当一个像你师傅那样的好炼钢工，事事都要认真，决不能马马虎虎、松松垮垮呀！"

☆炼钢炉里，火红的钢水沸腾翻滚，如同旭日般喷薄欲出。钢水的状态显示一切正常，这说明赵四海和工友们的方案是切实可行的。

小高和众人都点着头。又有人问："老田师傅，您看咱们的炉子能行吗？"

老田抬头看见毛主席视察钢厂和工人群众在一起的大幅油画，信心满满地对大家说："一定行！别忘了，咱们这个炉子是毛主席视察过的，毛主席是怎么鼓励我们大家的，还记得吗？"

众人异口同声地说："记得。"

老田师傅问："毛主席是怎么鼓励我们大家的？"

众人齐声回答："要好好干，自力更生，奋发图强！"

老田师傅摸着自己的胡子茬笑了起来，看得出，他非常喜欢这些年轻人。

大勇又问："老田师傅，你看这一炉钢怎么样啊？"

"我看，"老田师傅稍微停顿一下，"能成！"

☆炼钢炉旁边，老田师傅、友根和大勇正在热烈地讨论着这炉钢的情况，他们都满怀信心，坚信这炉钢准能炼成。老田师傅提醒大家："咱们这个炉子是毛主席视察过的。毛主席的话还记得吗？"大家齐声回答："记得。要好好干，自力更生，奋发图强！"

听了老田师傅的话，大家都很兴奋地活跃起来。正在这时，赵四海手持化验单走了进来。陈友根连忙问："四海，怎么样？"

赵四海面露兴奋地说："从化验结果来看，这一炉很有希望。"

老田师傅笑着说："我怎么说来着，可以吹氧了吧？"

赵四海说："吹氧！"

众人像得到命令似的，立刻行动起来。

☆"哎，四海来了！"大勇招呼大伙。四海拿着化验单信心百倍地走了过来。"怎么样了？"大伙围了上去。"从化验的结果来看，这一炉很有希望。"四海停顿了一下，手臂一挥，"吹氧！"大家欢跃地奔向各自岗位。

　　在车间下边一个阴暗的角落里，应家培鬼鬼祟祟地接近装着国产合金的料斗，将一块沉重的东西扔了进去，然后匆匆地离开了。

　　车间外面，小马正在布置画廊。应家培朝小马打了一声招呼："小马！"

　　小马见应家培叫他，立刻跑了过来，笑着问："应主任，什么事？"

　　应家培装作很兴奋的样子说："四海他们的'争气钢'马上就要成功了，你赶快到厂部去报喜呀！"

　　说着，他还做了一个敲锣打鼓的手势，意思是让小马给赵四海他们排一个庆功会。小马心领神会，立刻飞奔而去。

☆料斗旁边，应家培鬼鬼祟祟地东张西望，环顾四周无人，便把有害元素放入料斗，赶紧溜走了。

☆"小马！"应家培招呼正在贴宣传画的小马，示意他过来。"哎，应主任。"小马靠了过去。"四海他们这一炉，马上就要成功了，赶快到厂部报喜去吧！"应家培冲小马做了一个敲鼓的手势。"好！"小马转身奔去。

应家培见小马远去，面目狰狞，恶狠狠地说："赵四海，我先给你来点恶心的，让你的'争气钢'成不了。再叫你们飞机上不了天，舰艇下不了水！"

☆应家培见小马走了，转过头，面目狰狞地望着前方。"我叫你们飞机上不了天，舰艇下不了水！"应家培阴险地狞笑着。

在车间里，这炉钢已经炼到最后阶段。大勇等高举吹氧管，正向炉膛里吹进氧气助燃。钢炉的温度呈直线上升。电铃响处，指示灯接连打出 1600℃、1650℃……

赵四海和老田师傅交换着兴奋的目光。

大勇充满信心地说："赵四海，照这样下去，1900℃也没问题。"

陈友根笑着说："看你这个急性子！我看啊，还是稳点好。"

大勇打趣地对陈友根说："友根呀友根，什么时候我把你这点本事学到手就好了！"

赵四海也打趣地说："他这个脾气，我看你一辈子也学

不到。"

大家都笑了，老田师傅也笑了。

陈友根装作气恼地捅了赵四海一拳："赵四海，你也跟着起哄！"

众人笑得更欢。看得出，大家如此高兴，主要是因为这炉钢眼看就要成功了。

☆炼钢炉前，大勇紧握吹氧管，全神贯注地对铁炉吹氧。显然满面汗水，他却全然不顾。炉口，炉火熊熊。

突然赵四海停止了笑声，他好像听到什么，厉声喊道："声音不对头，停止吹氧！"

话音未落，只听"空通"一响，炉子中的火苗突然升起又突然跌落，一刹那的工夫，浓烟充塞了整个车间。

下面不知是谁喊了一声："炉底穿钢了！""炉底穿钢"是炼钢锅炉锅底被烧穿，钢水泄漏出来。高温的钢水遇到锅炉边易燃物品后容易引发明火，如果不能及时处置，就

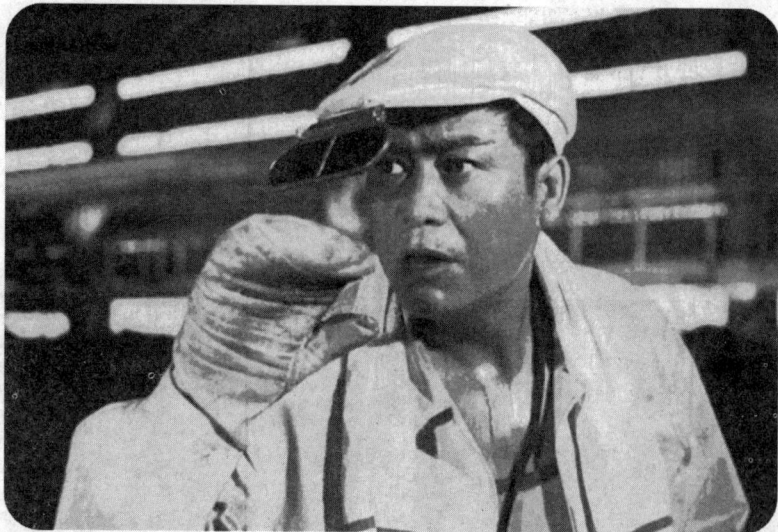

☆忽然，炼钢炉里传来一阵剧烈的轰鸣声。四海转身望着炉口，
注意地听着，仔细地判断。

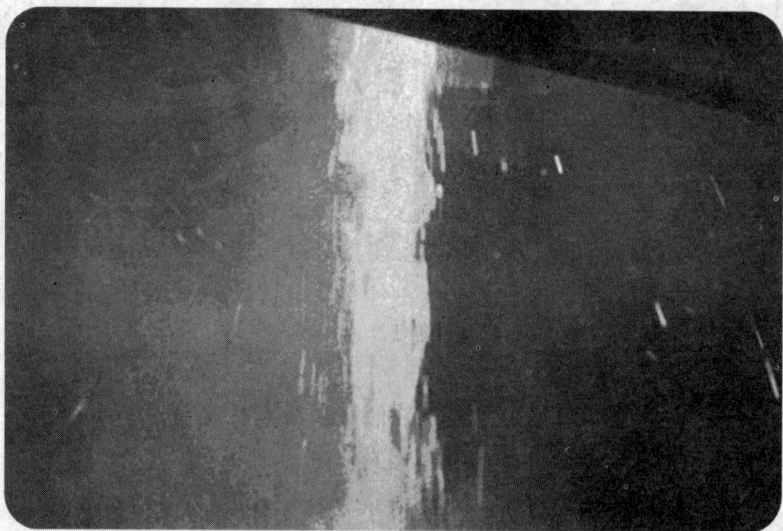

☆突然，炉底流出大量的钢水。炉底穿钢了！

可能引发更大的损失。此时，应该立即停止加热，将炉内
剩余的钢水倒掉，否则锅炉会有爆炸危险。

第八章

四海遭停职检查

大家立刻紧张地行动起来。赵四海大喊一声："同志
们，镇静！"众人一律停止行动，听赵四海的指挥。

☆大家见状，顿时懵了。纷纷忙着抢救，大伙忙作一团。

赵四海对陈友根说："友根，你和大勇守在炉前，其余
的人到下边去灭火，我去放钢！"

说着，他抄起一根钢钎，冲到炉后去，浓烟马上把他
淹没了。

众人焦急地喊着："四海！""师傅！"

☆"镇静!"四海临危不乱。大伙一听停止了忙乱,整齐地排列在四
  海面前,听从四海指挥。"友根、大勇,你们守在炉前。"四海镇
  定地下达命令,"我去放钢!"

☆四海把最危险的任务留给了自己。他冒着浓烟,冲到炼钢炉后,
  奋力捅出钢口。"四海当心!"友根在炉前大声喊着。"不要管
  我!"四海一边捅出钢口,一边继续指挥战斗。

烟雾中传来赵四海的声音："不要管我！"

厂长室里，白厂长正在接电话，他焦急地问："怎么了？……炉子出了什么事？"

电话那边传来应家培颤抖的声音："……炉底穿钢了！"

白厂长得知这一消息，大叫了一声："啊！"

这时，办公室楼下突然锣鼓声大作。

白厂长握着话筒，烦躁地问秘书："怎么回事？"

☆"叮……"厂长办公室里的电话忽然急促地响了起来。白显舟快步上前，拿起听筒："喂，是我……出了什么事？"电话那头传来应家培故作焦急的声音："炉底烧穿了！""啊？"白显舟顿时惊呆了！出大事了，他焦急万分！

秘书朝窗外看了看，小马领着报喜队正敲锣打鼓，喜气洋洋地朝办公大楼这边走来。

秘书感到疑惑不解，有些迟疑地说："看样子像是车间报喜来了？"

白厂长一听，心中的火更大了："他们真是乱弹琴！"

☆"咚，咚咚，哐框……"办公楼下面，小马带着报喜队，敲锣打
　鼓，喜气洋洋地走了过来。

☆"厂长，车间报喜来啦！"女秘书跑了进来，喜悦之情溢于言表。
　"乱弹琴！"白显舟十分生气，丢下电话，转身跑了出去。

说完，他用力地放下话筒，走了出去。

大楼下边，小马等人看见炼钢车间浓烟滚滚，知道情况不妙，急忙放下锣鼓，朝车间奔去。

赵四海在浓烟中很难准确地找到出钢口。

☆炼钢炉前，炉口火焰熊熊。赵四海不顾烈火灼人，双手紧握钢钎，奋力捅开了出钢口。通红的钢水流出来了。

小高跑来助战，递给师傅一根粗的钢钎，师徒俩奋不顾身，终于捅开了钢口，通红的钢水流了出来。这时，车间下边已经是一片火海。人们从四面八方赶来进行抢救。

赵四海捅完了出钢口，顺手攀准了一根铁链，从平台上滑了下去，和众人一起投入了战斗。

一个工人跑来告诉赵四海，老田师傅昏倒了，赵四海急忙跑去。

通往车间的路上，应家培一边走一边对厂长进行煽动："赵四海根本不承认错误，谁的话也不听，一味蛮干，再这

☆友根看着惊住了，大声地喊着："四海！"他急切地冲向四海。

☆"四海，四海……"老田拿着一件石棉衣，奔上楼梯，他为四海的安全担忧。一阵浓烟涌过来，老田昏倒在楼梯上。

样下去，厂房都要炸塌了！"白厂长边走边听，脚步越来越快。

一辆救护车停在车间外边，老田师傅被抬上救护车。救护车鸣笛远去。赵四海他们继续扑救着炉前的余火。白厂长气急败坏地来到现场。他抑制着满腔怒火，巡视了一遍。损失是巨大的。这时他看见小高扶着赵四海从炉后走来，只见赵四海满脸烟尘，衣服上烧了很多洞。

☆四海他们把老田师傅送上急救车，正忙着扑灭炉前的余火，白显舟气势汹汹地走进车间，应家培紧随其后。"不叫你们干，你们偏要干。我早就说过国产合金像一匹野马，弄不好要捅大娄子的。"白显舟大声训斥着四海和工友们，"钢还没炼出来就吹牛，还敲锣打鼓向我报喜！"

白志华给赵四海端来一杯冷饮。赵四海仰头一口气喝了下去。

白厂长看了又疼又气，大声地问道："还有谁受伤？"

陈友根说："没有了。"

大勇说："要不是四海，损失就更大了！"

"厂长，"赵四海难过地说，"我没有完成党交给我的

— 115 —

任务！"

☆四海诚恳地检讨自己没有完成党交给的任务，但是他也坦白地说出了自己的看法："厂长，这不像是合金问题啊！"至于报喜的事四海更是疑惑，"这报喜的事，究竟是……"他没有让人去报喜啊！

但是厂长已经控制不住内心的气愤了，冲着大家大声地说："不叫你们干，你们偏要干，我早就说过，国产合金是匹野马，弄不好要捅大娄子的！"

赵四海说："厂长，这不像是合金的问题……"

白厂长见赵四海还反驳自己的话，更加愤怒了。他粗暴地打断赵四海的话，面色阴沉地大声吼道："你还强词夺理不承认失败，钢没有炼出来就吹，还敲锣打鼓向我报喜！"

白厂长的这句话，让赵四海和全组同志都感到莫名其妙，面面相觑。

赵四海有些委屈地说："这报喜的事……"

应家培怕自己的奸计被当众揭穿，急忙从厂长身后蹿

出来说："赵四海，你就别说了。局里还等着我们汇报呢！厂长，这……"

☆"你还强词夺理！不承认失败。"白显舟怒不可遏，"别说了！你马上给我离开炉子，停职检查。"白显舟再也不能容忍，终于爆发了！

　　白厂长被提醒，更加怒气冲天，大声地对赵四海说："你别说了！从现在起，你给我离开炉子，停职检查！"

　　听到这一消息，大家都十分震惊，纷纷为赵四海鸣不平。

　　白志华走上前，对白厂长说："爸爸，你这样做是不对的！你不能这么做！"

　　大勇也走上前说："厂长，你不应该撤赵四海，要撤，撤我们大家吧！"

　　陈友根难过地低下了头。小高抓住师傅的手，流下了眼泪。

　　赵四海轻轻地推开小高，坦然而又冷静地走近厂长，

☆听到白显舟作出这样的决定,在场的所有人都大为吃惊。工友们都关心地朝四海走过来。白志华气愤地对父亲说:"爸爸,你这样做是不对的!"大勇也气呼呼地冲着白显舟说道:"厂长,你不应该撤四海,要撤,撤我们大家!"

说:"厂长,事故我要负责任,你可以停我的职,但是,任何人停不了我劳动的权利,'争气钢'一定要炼下去!"

白厂长被彻底激怒了,他怒吼了一声"岂有此理",然后气呼呼地离去了。

应家培快步追上白厂长,假惺惺地检讨自己:"厂长,我也有责任,我……"他特意把一只受伤的手放在前面,以表示自己在事故处理中出力不少,在白厂长面前邀功。

白厂长看了看应家培,叹了一口气说:"你赶快把事故调查报告写出来!""好,好,好!"应家培连连答应。

这时,小组内部也产生了分歧。陈友根气呼呼地说:"不能再这样干下去了,这太冒险了!"

☆面对白显舟的暴怒，四海起先也是惊愕了一下，但他很快就冷静下来。思索了一会，他走到白显舟跟前，坦然但坚定地说："厂长，事故我要负责任。你可以停我的职，但是任何人停不了我劳动的权利，'争气钢'一定要炼下去！"

☆"岂有此理"白显舟气得简直要爆炸了。他拂袖而去！

☆"厂长……"应家培追了出来，在楼梯口叫住白显舟。"厂长……我也有责任……"应家培一边说一边将受伤的手故意放在前面。"你赶快把事故调查报告写出来。"白显舟指示道。"好，好。"应家培连声答应。

　　"干革命就是要担点风险，要不还算什么共产党员！"赵四海激动地说。

　　大勇也不服气地说："革命靠自觉，少个把人，'争气钢'照样炼出来！"

　　陈友根见大家如此，立刻不高兴地说："好吧！"说完，他就气愤地跑开了。在扶梯口遇见应家培，应家培命令陈友根："你赶快组织大家平整现场，改炼普通钢！"

　　陈友根答应一声，拿起铁铲，正欲动手，赵四海匆匆赶到。

　　赵四海急忙制止陈友根："友根，不能动！"

　　应家培在一旁冷冷地问道："为什么？"

　　赵四海说："应主任，你当然懂得，现在应该是保护现

☆炉前，大家都围着四海，愤愤不平。"不能再这样干下去了，这太冒险了！"友根也发火了。"革命就是要担点风险！要不还算什么共产党员？"四海对友根讲着道理。"革命靠自觉，少个把人，'争气钢'照样炼出来！"大勇对友根的泄气很不满。"好吧！"友根气愤地走了。

☆应家培送走白显舟又转了回来。他拦住友根，命令道："赶快组织大家整理现场，改炼普通钢！"友根答应着，带领几个炉前工准备动手整理。

场，清查事故。"

应家培无言以对，只得悻悻而去。

赵四海注视着应家培的背影思忖着。

☆"友根，不能动！"四海急忙走来，大声制止道。"为什么？"应家培迎着四海走了过去。"应主任，你当然懂得，现在应该是保护现场，清查事故！"眼看可以毁灭证据，却被四海搅了，应家培只好气急败坏地走了。

在医院急诊室门外的走廊上，医生和护士匆忙地进进出出。小高站在窗口，焦急地等待老田师傅的消息。赵四海匆匆赶到，小高立刻迎了上去："师傅，你来啦？"

赵四海顾不得多说，连忙问："老田师傅怎么样？"小高刚要开口，护士走了出来。

护士提醒他们："病人需要安静，你们进去一个人就行了。"

赵四海对小高说："你先回去吧！"

小高还不想走："师傅！"

赵四海劝说着："去吧，去吧！"

小高走了。

赵四海正要推门进去的时候，只见小高又匆匆忙忙地跑来了。小高来到他身边说："师傅！"赵四海问："你怎么还没有走啊？还有什么事啊？"

小高关切地说："你还没有吃饭呐！"说着，他把一个大面包放在赵四海手上，转身就走了。

赵四海看了看手上的面包，心情激动不已。

病房里，老田师傅闭着眼睛躺在床上，旁边吊着盐水瓶。

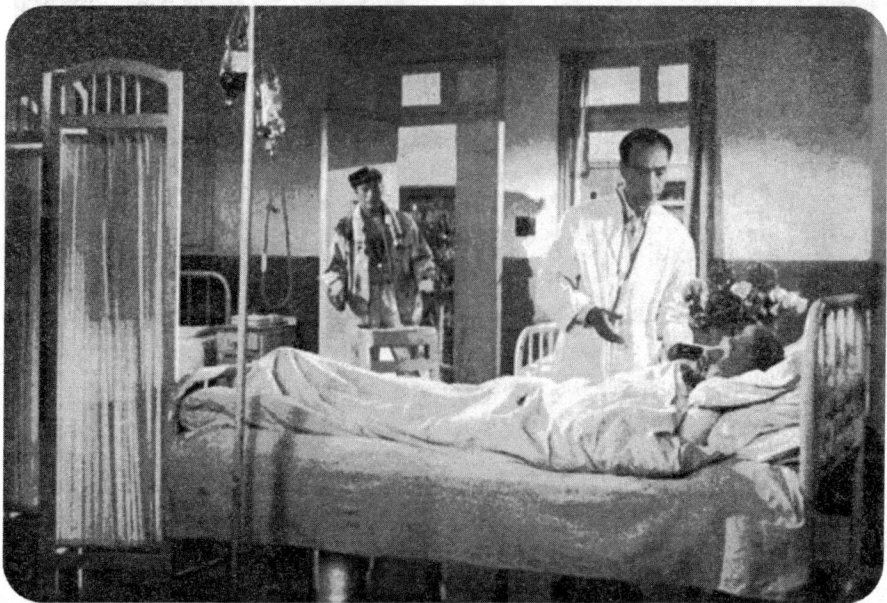

☆医院病房里，老田师傅还没有从昏迷中醒过来，医生正在给他检查。四海连工作服都没有换，也没顾上吃饭，就跑到医院来探望老田，内心充满了内疚与关切。

赵四海轻轻地走进来，医生嘱咐他少和病人说话，赵四海答应着，在病床旁坐下。

病房里只剩他们师徒两个人了。赵四海不安地注视着老田师傅的脸。

老田师傅的嘴唇动了动，昏迷中喃喃地说："快，快去帮助赵四海检查现场！"

赵四海轻声地安慰老田师傅："师傅，现场已经检查过了！"

老田师傅听到赵四海的声音，微微地睁开眼睛，看清了他的脸，连忙叮嘱说："可能是混进了有害元素，要赶快检查！"

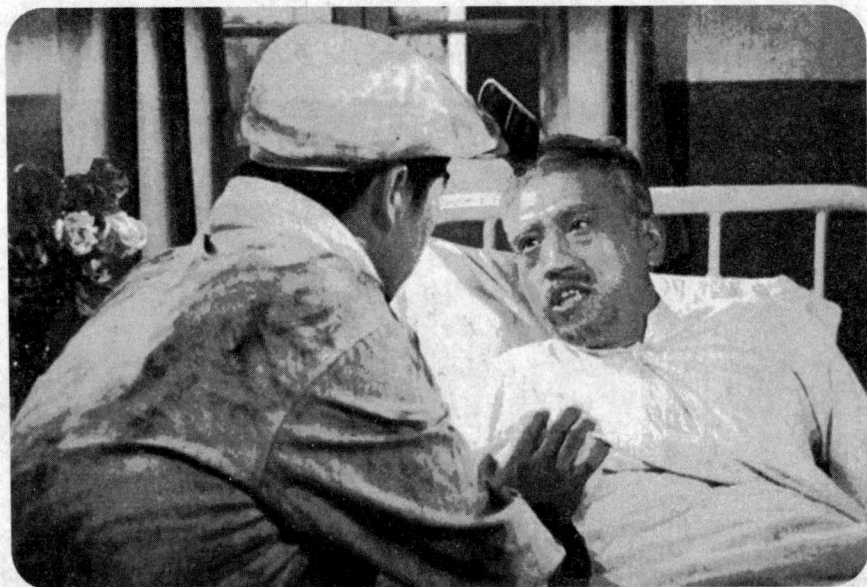

☆四海紧靠病床坐下望着师傅。老田终于睁开眼，见是四海忙说："炉子里可能混进了有害元素，赶快去查！""师傅你放心吧，一定会查清楚的。"四海安慰着老田。老田关切地鼓励他："四海，困难再多，压力再大，你也要顶住啊！"四海紧紧握住师傅的手，眼里含着激动的泪花。

赵四海握住师傅的手，点点头说："师傅，你放心吧，一定会查清楚的！"

老田师傅闭了一会儿眼睛，又想起了什么，耐心地嘱咐道："四海，困难再多，压力再大，你也要顶住啊！"

赵四海紧紧地握住老田师傅的手，激动得说不出话来，眼睛里闪动着泪花。

第九章 深入群众查真相

赵四海积极寻找着炉底穿钢的原因。通过调查，他果然发现了问题。正如老田师傅所料，钢料中果然混进了有害元素。赵四海顺着原料的线索，找到了仓库。在仓库的一角，应家培来过的地方，赵四海和保管员正在交谈。保管员把情况原原本本地告诉了赵四海。

☆仓库里，仓库保管员向赵四海提供了应家培到仓库检查过合金的情况。四海拿起一块合金察看着，思索片刻，对仓库保管员表示了谢意："你提供的情况很重要，谢谢你！"

赵四海手里拿着一块含有害元素的钢料，沉思片刻，转身对保管员说："你提供的这个情况很重要，谢谢你！"

傍晚，赵四海坐在黄浦江边的一块石头上，凝视着滔滔的江水。黄浦江水拍打着江岸，掀起一阵阵浪花。现实生活中发生的各种复杂现象，都迫使这位年轻的钢铁工人去思考——究竟问题在哪里！他浓眉紧锁，轻轻地自语着："奇怪，难道是应家培放了有害元素？"

事故发生后的嘈杂声，应家培的笑声和白厂长厉声的责问，都一一出现在他的跟前。"钢没有炼出来就吹牛，还敲锣打鼓向我报喜！"白厂长这句话，他当时并没有完全理解，现在猛地跳进了他的脑海。报喜的事情是怎么一回事呢？看来得找小马好好问问清楚，他应该知道这件事。想

☆黄昏，赵四海独自坐在码头上。黄浦江水扑打着江岸，掀起阵阵浪花。四海面对黄浦江思考着。"奇怪啊，难道是应家培放进了有害元素？"四海在心里问着自己。"钢还没炼出来就吹牛，还敲锣打鼓向我报喜！"白显舟的话又在耳边响起。四海猛然间明白了什么。

到此处，赵四海站了起来，向码头奔去。

赵四海找到了小马，两个人在路上一边走一边聊着。小马对报喜的事情十分愧疚，难过地对赵四海说："报喜的事都是我不好。"

赵四海却没有在意这些，他更关心事情的起因。于是他问道："小马，你怎么会想起报喜的呢？"

小马说："这不是我的主意，是应主任说的。那天，我正在弄宣传栏的事情，应主任叫住我，告诉我，你们马上就要成功了。是他叫我去给厂部报喜的。"

"又是应家培！看来这件事真的跟他有关联啊！"想到此处，赵四海停住了脚步。

小马急切地说："这件事，我跟厂长去说明白。"

☆晚上，四海找到了小马，他们边走边谈。"报喜的事是我不好。"小马难过地说。"你怎么想起报喜呢？"四海想搞清楚报喜的原委。"应主任说，你们要成功了，是他叫我去的。"小马道出了来龙去脉。"这里的问题不那么简单！"四海思索了一会，郑重地对小马说。

小马正要走，却被赵四海拦住了。赵四海不愿意在证据不充分的时候打草惊蛇。他拉住小马说："这里边的问题不那么简单啊！"

天晚了，赵四海心事沉重地回到家里，却发现应家培坐在屋子里等他。赵四海对他的突然到来感到有点奇怪，但他仍不露声色地说："噢，应主任！您怎么来了？"

应家培满脸堆笑地站在他面前，故作热情地说："四海啊，我等你好久了！"

赵四海没有回答，他抑制着厌恶的心情，冷静地观察着对方，心里不住地想，这家伙来干什么！

应家培装出一副同情和怜悯的样子说："哎，在这件事情上，我也挨了厂长的批评。不过啊，咱们别灰心。"

说完，他大模大样地坐下来，俨然以领导的口吻说："对你这样的红旗手，领导上还是要照顾的，我跟厂长说了，决定让你到技术训练班学习，这可是难得的机会呀！"

赵四海微微一笑，站起来说："谢谢你的关心，不过，我现在还不能走。"

应家培脸色一变，有些奇怪地问："为什么？这可是好机会啊！很多人想争取还争取不到呢。"

赵四海以调侃的语调说："你看，我的检查还没交出来呢！"

应家培笑着说："哎，我当是什么事情呢。不就是一份检查嘛，这个算不了什么，我去跟厂长说。你就放心吧。"

赵四海笑着反问道："怎么？应主任不但负责写调查报告，还想替我写检查？"

应家培听之一惊，但又装作不介意："你是个聪明人，厂长的用意你不会不懂吧！"

赵四海说："我懂。"

应家培以为赵四海真的肯顺着他的意思走了，于是笑

着说："懂了就好啊，你这一去，既可以学到技术，又可以避避风头。"

赵四海哈哈大笑说："我就是喜欢大风大浪啊！"

应家培尴尬地站起来，似笑非笑地说："那么你的检查什么时候交出来？"

赵四海说："事故哪一天查清了，我的检查也就交出来了。应主任，你急什么？"

应家培黔驴技穷，说了一声"好吧"，然后悻悻而去。

☆四海回到家，发现应家培在等他。应家培先是假惺惺地安慰四海别灰心，接着说，厂里让四海去技术训练班学习。四海断然拒绝了。应家培立刻变了口气："那么你的检查什么时候交出来？""事故查清了，我的检查就交出来了！"四海针锋相对。应家培只好悻悻地走了。

赵四海目送他走远，心情激动地来到窗前，推开窗子。窗外乌云翻滚，树枝摇曳，一副暴风雨要到来的景象。赵四海迎风站立许久，然后走到桌前，取出一张用塑料袋套

着的报纸。

这是一张厂报，套红印着四年前毛主席视察钢铁厂时的详细报道和毛主席的重要指示。赵四海读着喜报，热泪滚滚而下。

正在这时，母亲回来了。母子俩无言地互相注视着，彼此都有满腹的话，但都不知从何说起。

"妈！"赵四海首先打破了沉默。

赵母看了看儿子瘦削的脸颊，抚摸着儿子的肩膀说："友根来找过你。事情的经过，他都告诉我了。"

赵四海沉默了。赵母关切地问："你觉得困难吗？"赵四海抬起头，欲言又止。

☆此刻，四海母亲走了过来。"妈……"四海望着母亲，满腹的话语不知从何说起。"妈不懂你们炼钢的事，我能告诉你的只有一句话，你是不是按照毛主席说的去做了！"母亲充满爱怜，语重心长地说道。"妈，我懂了！""那我就踏实了，可友根心里还有疙瘩呢！"母亲提醒四海去找友根谈谈。

赵母说："妈不懂你们炼钢的事，我能告诉你的只有一句话，你是不是照着毛主席说的去做了！"

赵四海激动地望着母亲："妈，我懂了，你放心吧！我一定会按照毛主席说的去做的。"

赵母说："有你这句话，我这心里就踏实了。可是，友根心里好像还有疙瘩呢。你多帮帮他吧。"

赵四海点点头，转身离开母亲，朝门外走去。

赵母关心地提醒儿子："要下雨了，可别回来太晚了！"

赵四海一边答应着，一边大步跑下楼去。赵四海要去找友根，要好好跟他谈谈。

赵母也跟了出去，夜风吹动着她花白的头发。这位工人阶级的母亲，一直目送儿子到街口转弯处。

赵四海到了陈友根家里，不过他并不在家。赵四海来到陈友根常去的地方，站在高坡上，四处寻找陈友根。黄浦江边，乌云翻滚，江潮汹涌澎湃。

终于，赵四海在一座铁塔旁边，找到了陈友根。此刻，他正坐在铁塔旁边吸烟，心事重重地低着头。

赵四海把一只手搭在他的肩上。陈友根抬起头，看了看站在他身旁的赵四海。

陈友根站起来想要走开，却被赵四海拉住。赵四海诚挚地对友根说："老朋友，对我有意见尽管提。可是我还要批评你，今天在炉子上，你不应该泄气。"

陈友根再也抑制不住心中的不满情绪，突然爆发了起来："我给你泄泄气，是为了好让你头脑冷静冷静，不要做错事。"

赵四海充满激情地说："对党的事业，就是要像钢水那样热，不能冷！"

陈友根不服气地说："这样下去，红旗小组怎么办？"

赵四海说："红旗小组垮不了！"

陈友根说："可是炉底烧穿了！"

赵四海说："炉底烧穿了，我们可以再修补！"

陈友根说："可是，白厂长停了你的职！"

赵四海说："我是被停职了。可是停了我，还有你在！"

陈友根不明白赵四海的意思："我？我能做什么？"

赵四海说："是啊。友根，你想过没有，修正主义卡我们，全国人民都憋着一股气呀！上个月我到老田师傅的家乡去，一个只有百十来户的生产大队，盖起了水电站。从设计到施工，他们没有向国家伸过一次手，要过一分钱。那些自称为我们朋友的人说，离开了他们，我们就要喝大锅清水汤，这个大队的行动，给了他们一记响亮的耳光！你看，毛主席关于自力更生、奋发图强的教导，在全国人

☆江边，四海找到了友根，鼓励他不要泄气，要坚强。"你想想看，为什么在发生事故的时候有人背着我们去报喜？为什么有人急着要清理现场？为什么在这紧要的关头有人要调我去学习？"四海分析着这种种蹊跷。友根听着听着，心里渐渐明朗起来。

民中产生了多么大的威力啊！"

陈友根静静地听着赵四海的话，默默地思考着。

赵四海继续说："你以为停了我的职，仅仅是因为出了事故吗？不，斗争是复杂的，我们的头脑也要复杂一些。你想想看，为什么在发生事故的时候，有人背着我们去报喜？为什么有人急着清理现场？又为什么在这紧要关头有人要调我去学习？友根，我们要多问几个为什么呀！"

这时，远远地传来了走路和说话的声音。赵四海和陈友根停了下来。等远处的人走近了，他们才发现刚从北京开会回来的党委书记王坚正朝他们走来，旁边还跟着大勇、白志华、小高等人。

赵四海看见党委书记来了，急忙奔过去，心情激动地

☆"四海！"江边路上，王坚带着志华、大勇、小高等炉前工们朝四海他们走了过来。四海和友根迎了上去，紧紧握住王坚的手："老王同志，你可回来了！"四海激动万分。王坚深切地望着四海："看来并没有把你压垮，你顶得好！"他又鼓励友根："这'争气钢'可不能不炼啊！"

拉住党委书记的手。

赵四海激动地说："老王同志，你可回来了！"

王书记炯炯有神地注视着赵四海，放心地说："看来并没有把你压垮，你顶得好哇！"又对陈友根说："友根师傅，咱们这个'争气钢'可不能不炼啊！"

听了王书记的话，陈友根惭愧地低下头。王书记拍拍他的肩膀，鼓励道："抬起头来，不要难过，无私才能无畏！这点小小的风浪算得了什么，现在世界上有人掀起了一股十二级反华台风，来势汹汹，想要吞没我们的国家，吞没我们的党，国内的阶级敌人也里应外合，推波助澜，以为天下真是他们的了。可是，面对这阵喧闹，我们的伟大领袖毛主席又是怎样想的呢？你们听！"王书记给大家朗

☆"这点小小的风浪算得了什么！现在世界上有人掀起了一股十二级反华台风，来势汹汹啊……面对这阵喧闹，我们伟大的领袖毛主席又是怎样想的呢？你们听……"王坚站到高处，慷慨激昂地朗诵道，"暮色苍茫看劲松，乱云飞渡仍从容。天生一个仙人洞，无限风光在险峰！"

诵着毛主席的诗作："暮色苍茫看劲松，乱云飞渡仍从容。天生一个仙人洞，无限风光在险峰。"朗诵完毕，他充满激情地对大家说："同志们，这就是毛主席的回答！"

陈友根听了，深受鼓舞，笼罩在他心里的那片乌云终于消散了。他走近赵四海，笑了笑。

赵四海抓住友根的肩膀，激动地说："友根，我们要做时代的劲松，无限风光在险峰啊！"陈友根昂起头，和众人并肩站在一起。

☆"无限风光在险峰……"四海口中反复吟颂着毛主席的这首诗，顿时感到获得了无穷力量。他心潮澎湃地望着远方！

上海外滩，朝霞满天。正在大海母亲腹中躁动的朝阳还没有出来，就已经映红了半边天。是啊，无限风光在险峰，只要我们敢于攀登，就一定能够夺取建设社会主义事业的伟大成就，描绘出一幅幅灿烂的像朝霞一样壮丽的图画。朝霞慢慢散去，一个新的黎明开始了，红太阳冉冉升起。黄浦江两岸响彻

着劳动战斗的交响乐。炉火熊熊、火花飞溅、钢流滚滚，充满斗志的钢铁工人们又热火朝天地忙碌了起来。

☆上海外滩，朝霞满天。正在大海母亲腹里躁动的朝阳还没有出来，就已经映红了半边天。是啊，无限风光在险峰，只要我们敢于攀登，就一定能夺取建设社会主义事业的伟大成就，描绘出一幅幅灿烂的像朝霞一样壮丽的图画！

在白厂长家，白志华责怪父亲不该撤掉赵四海的职务。白厂长正在整理皮包，一副要出门的样子，同时他也盛怒未消地斥责女儿："你以为我愿意这样做吗？赵四海的红旗手是我树起来的，入党是我介绍的，我不能看着他犯错而不管不顾！"

白志华坐在一旁不满地说："你一定说这场事故是国产合金造成的，你有什么根据？"

"你，你是个技术员，应当引导他们尊重科学！工人毕竟是工人，他们缺少理论！"白厂长有点火了。

白志华针锋相对地说："爸爸，你平时口口声声对我说，要相信工人阶级，向工人阶级学习，可是你思想深处却看不起工人！"

白厂长被女儿的话刺痛了，一时又无言以对，只见他用力地扣上皮包，走了出去。到了门口，又回过来对女儿说："你去通知陈友根，叫他做好准备，等我从太湖回来，就上谭总工程师的方案！"

说完，白厂长气呼呼地推门而去。白志华也气得几乎要哭出来。

☆厂长家里，白志华责怪父亲不该撤四海的职。"你以为我愿意这么做吗？四海的红旗手是我扶起来的，入党是我介绍的。我不能看着他犯错误不管！"白显舟余怒未消地训斥着女儿，最后他命令式地说，"你去通知陈友根，叫他做好准备，等总工程师把方案修改好就上新方案！"

在料场装卸站，党委书记王坚在参加劳动。他要深入群众，详细了解问题到底出在了哪里。既然检测的结果是

混进了有害元素，那么他就决定先从料场下手。大家一边劳动，一边谈起了赵四海小组炉底穿钢的事。王书记把检测中发现有害元素的事情也告诉了大家。

刘大姐有些不相信地说："赵四海他们用的料都是精选的，怎么会混进有害元素呢？"

王书记有意识地引导大家思考这一问题，于是笑着说："是啊。咱们大家就一起找找原因看看。我也想知道问题到底出在了哪里。"

一个工人插话说："应主任不是调查过了吗？说是国产合金性能不稳定……"

刘大姐打断他的话："他这是胡说呢。我们一定要协助四海他们把问题搞清楚。"

☆料场里，在一大堆炼钢原料旁，王坚和刘大姐、福妹等人一边装车，一边聊天。"四海他们用的料都是精选的，怎么会混进有害元素呢？"刘大姐对工作出现了问题非常疑惑。"大家找找看，问题到底在哪儿呢？"王坚嘱咐大家再多思考，他觉得这个问题不简单！

王书记说："对。一定要把问题搞清楚。"

这时，小马急匆匆地跑了过来。他一见到王书记，就气喘吁吁地说："王坚同志，医院来电话，说老田师傅伤还没有好，就跑出来了。"

王书记一听，立刻着急了："是吗？这怎么能行呢？你得赶紧去找，让他回医院休息。老田师傅是个闲不住的人，肯定是去车间了。你赶快去车间找找看。"

小马摇摇头说："找过了，没有啊……"

"没有？"王书记思索了片刻说，"我想，等一会儿他会来的。等他回来了，还是要劝他回医院去养伤。"

"哎！"小马应了一声刚想走，突然又想起一件事，对王坚说，"应主任也在找你。"

王坚点点头说："我知道了。你先去吧。"

红色经典电影阅读

第十章 敌人又生新奸计

　　王坚回到党委办公室不久，应家培就来找他了。应家培来找王书记的目的，就是汇报关于这场事故的调查结果。他把自己精心准备的材料一五一十地向王书记作了汇报。对汇报的情况，他自己认为还是很满意的。此刻，他正等着王坚的问话呢。

　　王坚点了点头，笑着说："照你看来，这场事故肯定是由于提高炉温造成的了？"

　　应家培小心翼翼地说："这是多数人的看法。"

　　王坚沉思了一会儿，又问："那么少数人的意见呢？譬如说赵四海的意见呢？为什么没有向他本人调查呀？"

　　应家培感到有点紧张："这是我们的疏忽。"

　　王坚爽朗地笑了起来："可白厂长一直夸你是个细心的人啊！"

　　应家培摸不着党委书记这句话是有意地讽刺他，还是无意地开开玩笑，他也只好尴尬地笑了笑。

　　王坚仔细地观察着应家培的神色，同时将调查报告放在办公桌上，转身对应家培说："事故原因总会找到的，你先回去吧！"

　　应家培站起来，打算把报告拿回去。

　　王坚却笑着把他拦住了："你的调查报告就先放在这儿吧，等白厂长从太湖回来，给他看看再说。"

　　应家培只得把调查报告重新放下。走出王书记的办公

室以后，他掏出手帕擦了擦额头上的汗珠，惴惴不安地下了楼。

☆党委办公室里，应家培把自己写的事故调查报告交给王坚。他肯定事故的原因是提高炉温造成的，并说这是多数人的意见。"那么少数人的意见呢？比如赵四海！"王坚对这个报告并不认同，提出了疑问。应家培碰了一鼻子的灰，讪讪地走了。

王坚坐在办公室里，继续仔细地看着这份报告，长久地思索着。

没过多久，门开了。白厂长挟着皮包满面春风地走了进来，一进门就笑容满面地大声打招呼："老王！你什么时候回来的？"

"前天。"王坚忙笑着走上前去与白厂长握手，"听说你又到太湖去了？"

白厂长显出一副为难的样子说："是啊。为了炼这种钢，真是伤透了脑筋啊！总算还好，谭老已经把方案拿出

来了。"

　　说着，他从皮包里拿出一沓厚厚的图纸，放在王坚面前，兴奋地搓着手说："不愧是有学问的人，合金可以节省很多，够得上是世界水平啊！只要进口合金一到手，马上就试炼！"

☆"哎，老王！"白显舟拿着公文包，满面春风地走了进来。"老白！"王坚热情地迎了上去。"这下可好了，总工程师又把方案修改了，合金可以节省很多，够得上是世界水平啦！"白显舟向王坚报喜道。

　　王坚翻阅着谭总工程师的方案，若有所思地说："老白，这次反华大合唱闹得很凶，我们不能不有所警惕啊！我们还是应该按照毛主席的一贯教导，把方针放在我们自己力量的基点上。四海他们的方案，方向是对的。"

　　一听到王书记说赵四海的事情，白厂长脸上刚才的高兴劲一下子全没了。他很不高兴地说："你还说赵四海呢，

一提到他我就一肚子气！他们的方案要是再搞下去，咱们的厂房都要炸塌了！"

☆王坚招呼白显舟坐下来。"进口合金一到手，马上就试炼！"白显舟十分兴奋。"老白，这次反华大合唱闹得很凶啊，我们不能不有所警惕……四海他们的方案方向是对的！"王坚从国际斗争的严峻形势娓娓道来。白显舟气恼地说："他们的方案，再干下去厂房都要炸塌了！"

王坚见白厂长的抵触情绪很强，就笑着说："老白啊，你先别动气。照我看啊，这次事故不是方案本身造成的。这是应家培搞的调查报告，你看看吧。我觉得这个人很不正派啊。"

厂长翻着报告，对王坚的话不以为然："他是旧社会来的嘛，肯定有一些小毛病。不过他在生产上还是有一套的。人嘛，也听话。"

王坚语重心长地劝着自己的老搭档："老白，咱们看人不能光看生产、听话，首先要看政治。我正想跟你谈谈。

你想过没有？你停四海的职是不对的！你来看看群众写了很多意见。"说着，王书记就带着白厂长去了里屋。里屋的桌子上，摆着一摞群众的来信，都是不同意白厂长停四海职务的。白厂长仔细看着这些信件。

☆"我看事故不是方案本身造成的！"王坚拿出应家培的报告，"这是应家培搞的调查报告，这个人很不正派！""旧社会来的嘛，生产上还是有一套的，人嘛也听话！"白显舟不以为然。"老白啊，你停四海的职是不对的！你来看看群众写来的意见。"王坚把白显舟请到会议桌旁看群众来信。

正在这时，老田师傅走了进来。他人瘦了许多，心情也不大好。

王坚一看老田师傅来了，连忙热情地迎了上去："老田，你怎么跑回来了？快坐，坐！"

老田气愤地看着白厂长，问道："听说你把四海给撤了！"

他激动得咳嗽起来，王坚倒了杯水给他。白厂长连忙

笑着说:"老田,你别激动嘛!"

老田师傅激动地说:"我不激动。我是不明白,赵四海到底犯了什么错误,组织上要这样处分他?他是我的徒弟,可是我心里明白,我并没有教给他什么,是党一手把他拉扯大的。这孩子从未辜负过党的期望。厂长,你还不了解他?从小泡在苦水里,工头打他,血染衣裳,他连吭声都没有。可是这次出了事故,这么刚强的汉子,却流了眼泪!白厂长,一个炼钢工人拿不出国家需要的钢来,他心里的滋味,你知道吗?"

王坚深有所感地点着头。白厂长见老田师傅有指责自己的意思,立刻不满地说:"老田,咱们可不能感情用事啊!"

☆正在这时,老田急急忙忙赶来了,他质问白显舟为什么要停赵四海的职:"是党一手把他拉扯大的,从小泡在苦水里,工头打他,血染了衣服,他连吭都不吭一声,可是这次出了事故,这么刚强的汉子却流了眼泪!一个炼钢工人拿不出国家需要的钢来,他心里的滋味你知道吗?"老田显得非常激动。

　　老田师傅听了，不相信这话会出自厂长之口。他气愤地走到厂长面前，声音颤抖地说："感情用事？厂长，我老头子文化不高，说话不大中听。一解放你就领着我们干，我是把领导当作亲人才来找你的，看着领导作出错误的决定，我心疼！感情用事……"

　　王书记关切地安慰老田师傅："党是了解赵四海的，也了解你。"

　　老田十分感动地看着党委书记，心情激动地走出会议室。王坚赶忙追了出去："老田，老田师傅……"

　　白厂长呆立在那里，皱着眉。可以看出，他的心情十分复杂，也十分不快。在赵四海的事情上，他觉得自己处

☆老田师傅气愤地走了。王坚激动地走近白显舟："工人师傅的话句句重千斤啊！白显舟同志！对比之下，我们的思想差距有多大啊！"白显舟听了，表示可以恢复四海的职务，但炼钢要采用总工程师的方案，进口合金由他去督办。

理得没有问题，可是王书记、老田师傅和工人们的意见又和自己完全不一致，他真不知道究竟出了什么问题。

过了一会儿，王坚回来了。他严肃而又恳切地对白厂长说："工人师傅的话，句句重千斤啊！白显舟同志，我们应该站在党的立场上想一想，一个普通的工人，为了国防的需要，提出了大胆的设想，经历了数不清的矛盾，顶住了多少冷嘲热讽。他废寝忘食，呕心沥血。实验刚刚取得一点进展，又遇到了挫折。我们作为领导的，不仅没有支持他，帮助他，反而给人家造成那么大的压力。就在这种情况下，人家不但没有一丝一毫的怨言，还是一心一意地完成党交给的任务。对比之下，我们的思想差距有多大啊！早在进城初期，毛主席就教导我们要全心全意地依靠工人阶级，我们违背了党的教导！"

☆"老白，不要存在幻想啦！"王坚对白显舟固执己见很是气恼，但他仍然极力想帮助白显舟回到正确的轨道上来。他推开窗户，用手指着窗外，动情地说道："同志！你看看工人群众的力量吧！"

"给他的处分是重了一些，可以恢复他的职务嘛！"厂长有所触动，但仍不承认自己的错误。

王坚书记又进一步说："还要支持他继续炼下去！"

白厂长一听这话，立刻劝阻道："不行啊！老王，他们的试验太冒险了，为了完成任务，应该把谭总工程师的方案推上去，进口合金我去催！"

王坚见白厂长还是没有听进去自己的意见，都有些着急了："老白，你就不要存在幻想了。"

但白厂长依然不为所动，他把两手一摊："不然，我无能为力。"

王坚说："同志，你看看工人群众的力量吧！"他激动地走过去，用力地推开窗子，一阵江风带着劳动的歌声和机器的轰鸣冲了进来，把室内沉闷的空气一扫而光。

☆炼钢炉前，四海、大勇和工友们正在紧张地工作。炉火熊熊，灼烧着他们的脸庞，汗水湿透了衣服，可他们一点都不觉得累。对四海他们来说，为了祖国的建设，苦累就是幸福！

炼钢炉前，赵四海和陈友根、大勇、小高等工友们正在紧张地忙碌着。炉火熊熊，灼烧着他们的脸庞，汗水湿透了衣服，可他们一点都不觉得累。对他们来说，能为祖国建设贡献钢铁，再苦再累都是幸福的。

党委书记王坚和赵四海在厂内的林荫大道上一边走一边亲密地交谈着。

赵四海肯定地说："从各个方面调查来看，肯定是放了有害元素。"

王坚说："手段还真是狡猾呀！"

赵四海问："是不是先别惊动他？"

王坚点点头说："对，密切注意他的动向。"

赵四海有些担心地说："我看，厂长太相信应家培了。"

☆厂内林荫路上，王坚和四海边走边谈。四海向王坚汇报事故的原因是料里放进了有害元素。王坚嘱咐四海密切注意应家培的动向。"我觉得厂长太相信应家培了！"四海表达了对厂长的担忧。王坚分析道："在用人和走什么道路的问题上，他是有严重错误，但还是要满腔热情地帮助他！"

王坚说："在用人和走什么路的问题上，老白是有严重的错误。很多人反映应家培最近不大正常，你对他的过去熟悉吗？"

赵四海说："新中国成立前只知道他是个新来的职员，国民党撤退的时候，他带着一帮职员参加工人的护厂队，新中国成立后，他就把自己打扮成有功之臣，再加上能说会道，厂长越来越相信他。"

王坚说："自从蒋介石叫嚣年内要反攻之后，国内的地富反坏右（地主、富农、反革命、坏分子和右派五类人的合称，即"黑五类"。在 20 世纪 50~70 年代的多次政治运动中，尤其是在'文化大革命'期间，是运动的主要打倒对象）和一些面貌不清的家伙变得猖狂起来了。不过，像应家培这样的人，也需要有一个暴露的过程。对厂长还是要满腔热情地帮助他。"

赵四海点点头，同意王书记的话。

在厂长室里，白厂长正伏案一面批文件，一面听应家培报告生产情况。

应家培说："第二季度生产没上去，主要是因为赵四海他们在搞试验，浪费了不少时间和人力。如果这个季度不抓紧，指标就完不成了。"

白厂长听完这些，站了起来，心情很不愉快。

忽然，电话铃响了。应家培拿起电话："……是钢厂，你找谁？"

"嗯，嗯，是的，"应家培把电话交给白厂长，"局里来的。"

白厂长忙走过来，接起电话："喂，老刘啊，进口合金批下来了没有啊？……什么？……对方禁运？谈判完全停止了？……是，是！"

这个消息实在是太坏了。白厂长放下电话，使劲地捶

☆厂长办公室里，白显舟正在接听电话："进口合金批下来没有？什么！对方禁运了？谈判完全停止了？"应家培在一旁听着白显舟通电话，转动眼球，内心盘算着，一条毒计涌上心头。

了一下桌子，沮丧地坐在椅子里，一副一筹莫展的样子。

应家培故作惊讶地说："哎呀，这可怎么办才好？进口合金绝了路，这可是万万没想到的事情啊！"

白厂长心情烦躁地站起来，在屋子里踱来踱去。过了一会儿，白厂长又气愤地说："我早就担心完不成！你看，现在赵赵四海他们出了事，谭总工程师的方案又不能上，这……这可怎么办啊？"

应家培看着白厂长为难的样子，心中偷着乐。他表面上还是故作难受地说："这真是骑虎难下呀！"

两个人正说着，秘书推门走了进来，对白厂长说："用户来电话，问试制的情况。"

应家培看了一眼白厂长说："你看，用户还找上门来了。"

厂长急得直搓手，为难地说："研究一下再给他们答复吧！"

等秘书出去了，应家培故作忧虑地说："用户等着用，我们又完不成，这不但影响厂的名誉，而且耽误国防大事啊！"

白厂长听了应家培的话仍然很矛盾，一时下不了决心该怎么办。他重重地叹了口气对应家培说："你说的我何尝不明白。可现在……"

☆白显舟挂断电话，心灰意冷地靠在沙发上，失望地叹着气。"我看还是面对现实，越拖越被动！"应家培凑近白显舟旁敲侧击。"你是说把任务退掉？"白显舟无力地反问道。"巧妇难为无米之炊啊！厂长，只有这一条路了！"应家培火上加油。白显舟考虑再三终于下了决心。

这时，应家培马上抓住机会，向白厂长说道："我看只有面对现实。否则啊，只能越拖越被动。"

白厂长看了他一眼，问："你是说把任务退掉？"

应家培说："咱们也是巧妇难为无米炊呀。我看呀，也只有这一条路了。"

退掉任务这个决心不好下啊。白厂长沉默了很长时间，才最后痛下决心地说："退！"

应家培唯恐厂长反悔，连忙说："我这就去通知用户！"

厂长像是想起了什么，大声地说："你那么急干什么！"

听到这句话，应家培心中一惊。

白厂长从沙发上站起来，又来到办公桌前面，戴上眼镜，认真地说："我要打报告给局里。"说着，他拿起笔开始写报告。应家培起身离开了，他为自己的"高明"之举暗自得意，心里甚至哼起了小曲。

☆白显舟马上坐到办公桌旁给局里写请求退任务的报告。应家培见自己毒计将要得逞，心里万分得意，冷笑着离开了厂长办公室。

在工人休息室里，赵四海正在召集大家开会。重炼"争气钢"的准备工作正在进行，赵四海手里拿着厚厚的一叠资料对大家说："前后的情况都核对过了，说明冶炼本身完全正常，事故的性质越来越清楚了，我们要继续试验下去。"

☆"冶炼前后的情况都核对过了，说明冶炼本身是正常的，事故的原因越来越清楚了。"休息室内，四海正在对大家说明这次事故调查的情况。"我们要继续试验下去！"四海表达了自己的坚定决心。

突然一阵急促的脚步声传来，技术员白志华气喘吁吁地跑了过来。赵四海和大家都朝休息室的栏杆这边走来。看着白志华一脸焦急的样子，赵四海问："出了什么事？"白志华顾不得上去，就站在下面大声地对赵四海说："赵师傅，我爸爸要退任务了！"

赵四海一时还没听明白白志华的意思："什么？退任务？"白志华点点头。赵四海"啊"了一声，冲了出去。大

家将白志华围住，白志华痛苦而又气愤地向工人讲述了这件事。

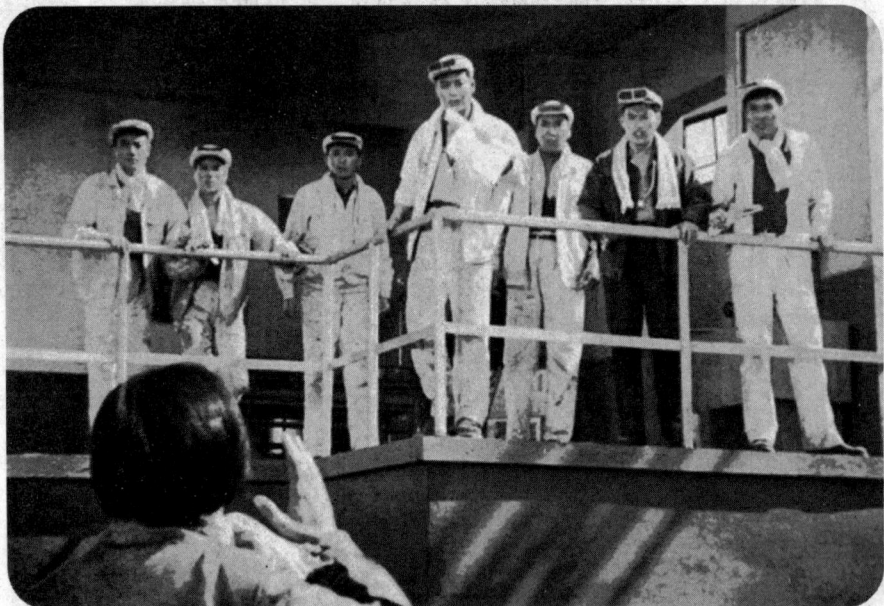

☆"赵师傅！"白志华急切地边喊边跑了过来。四海和大伙一听，都朝休息室栏杆边跑去。白志华站在下面气喘吁吁地朝四海喊道："赵师傅，我爸要退任务了！"

  在厂长办公室里，白厂长正在写那份退任务的报告。这份报告真是让他十分为难。正在这时，赵四海推门走了进来。白厂长抬头看了看赵四海，并没有搭理他。

  赵四海站在那里，目光紧紧地注视着白厂长。难堪的沉默笼罩着空荡荡的办公室。在长久的沉默后，赵四海问道："厂长，听说你要把任务退了？"

  白厂长头也不抬地说："嗯。"

  赵四海严肃地质问道："党委讨论过没有？"

  白厂长怒视着赵四海，大声地说："我是厂长，生产问题我有权作出决定。"

☆赵四海一路小跑进了厂长办公室。他努力沉住气，在白显舟桌前站定："厂长，听说你把任务退了？""是！"白显舟头也不抬，继续写着报告。"党委讨论过吗？"四海控制着情绪继续问道。"我是厂长，生产问题我有权做出决定。"白显舟仍然头也不抬，漫不经心地回答。

赵四海严肃地说："你的决定是错误的！"

白厂长反问道："错在哪儿？"

赵四海大声地说："你错就错在看不到我们自己的力量！"

白厂长放下笔，勃然大怒地说："我看到了！我看到了你们一次又一次的失败！"

赵四海说："可是你偏偏没有看到我们一步一步在前进！"

白厂长站起来，怒气冲冲地说："我怎么也没有想到你会变得这么自负！"

"我也没有想到你会变成这样……"赵四海想到白厂长的变化，心里很是难过，他停顿了一下说，"现在我算找到答案了！"

"什么答案？"厂长厉声地责问。

赵四海走到门口，又转过身来，心情沉重，一字一字地说："你已经不像我们工人的厂长了！"

厂长更加震怒："你！"赵四海气愤地走了出去。

☆"你的决定是错误的！"赵四海终于忍不住了。"错在哪儿？看到你们一次又一次的失败？"白显舟站了起来。"可你偏偏没有看到我们一步一步在前进！"四海大声地表达不满。"我没有想到你会变得这么自负！"白显舟怒火中烧。"你不像我们工人的厂长了！"四海痛心地说完，转身走了。

在厂内大道上，小组工人们议论纷纷。陈友根大声地说："厂长退任务是错误的！"这次，他的态度很明确。大勇也说："给他写大字报。"小高附和着："对！给他写大字报！"白志华也气愤地说："我来写！"

☆炉前大路上，友根和工友们一块走来。"厂长退任务是错误的！"这次友根的态度很鲜明。工友们商量着要给厂长写大字报。"我来写！"白志华斩钉截铁地说道。"好，标题'越走越远了'！"大勇接着说道。虽然是厂长，但在是非面前，大家表现了敢于斗争的勇气。特别是志华，面对自己的父亲，她毫不袒护。

　　说干就干，他们一起来到了工人休息室。由白志华执笔，众人商议着开始写大字报。

　　陈友根说："来，给大家念一遍吧！"

　　大家都围拢过来。

　　大勇说："念什么，签字吧！"

　　小高说："等一会儿，我师傅还没有来呢！"

　　"咱们不等他了，我来带头签字！"陈友根勇敢地要带头在大字报上签名。

　　陈友根刚提起笔，赵四海就走了进来，他拿起大字报，一字一句看得非常仔细。只见他脸上的表情不断地变化着，

时而愤怒，时而沉重，特别是大字报的最后一段，他看了
又看，还轻轻地读出声来。

"……你崇拜外国，迷信专家，跟在别人后面爬行，你
退掉的是重要的军工任务。你代表谁的利益……"赵四海
念到这里，心情感到格外沉重。

同志们紧张地注视着赵四海，揣摸着他的表情，想知
道他对这张大字报是什么态度。陈友根问："写得不对？"
赵四海说："你们写得很对。"陈友根又问："那你是怎么
了？在想什么……"

赵四海叹了一口气说："我是在想，一个经历过炮火锻
炼的老同志，为什么会变成这样？"

☆工人休息室里，四海正在看志华写的大字报。"你崇拜外国，迷信专家，
跟在别人后面爬行。你退掉的是重要的军工任务。你代表谁的利益……"
四海读到这里，不由沉思起来。"代表谁的利益……"四海反复默念着，
"写得很对！"四海对这份大字报表示深深的赞同。

党委书记王坚拿着白厂长写的报告，来到了厂长办公室，气愤地说："你看，你都写了些什么？你要退掉的不是一般的任务，是党的自力更生的精神，你是越走越远了！"

白厂长不服气地争辩道："老王，我为了给国家炼钢，辛辛苦苦地干，日日夜夜地干！头发都白了，居然落得这样一个结论。这顶帽子扣不到我头上。"

"老白，你想过没有，你思想上只有生产上的钢，却丢掉了总路线这个纲呀！"王坚语重心长地对白厂长说。

☆厂长办公室里，王坚拿着请求退任务的报告正在批评白显舟："你看看，你都写了些什么？你退掉的不是一般的任务，是党自力更生的精神！你是越走越远了。"

"要完成任务，对方又禁运，我看啊，还是要想办法从其他国家转运。"白厂长仍然不服气，仍然固执己见。

王坚苦口婆心地说："你还想从其他国家转运合金原料？老白同志，丢掉幻想吧。要想不被人家卡脖子，只有

依靠群众，自力更生！你的退任务的报告，党委不能同意。"就这样，一场谈话不欢而散。

☆厂长不服气地站起来说："任务要完成，对方又禁运，我看还是要从其他国家转运！""你还要想从其他国家转运合金原料？丢掉幻想吧！想要不让人家卡脖子，只有依靠群众自力更生。你的退任务报告，党委不能同意！"王坚坚决否定了白显舟要退任务的决定。

　　一辆小汽车停在办公大楼下边，白厂长挟着皮包走近汽车，正要拉开车门的时候，应家培匆匆忙忙地跑来。
　　应家培面露得意地说："厂长，进口合金搞到了！"
　　白厂长大吃一惊，简直不敢相信应家培的话。他急忙问："怎么？是局里通知下来了？"
　　应家培笑着说："没有，这是从兄弟厂搞来的。"
　　白厂长高兴地说："太好了。有多少？"
　　"够炼几炉的了。"应家培为了想引厂长上钩，接着又说："东西是少了一点，不过，只要我们先把样品炼出来，

就证明你的路子是对的，那时候，上级再不给进口合金，责任就不在我们了！"

"好，就这么办。"白厂长被应家培的花言巧语说动了。

应家培却又装出一副为难的样子。白厂长问："还有什么事？"应家培说："现在能炼这种钢的，只有赵四海小组了。"白厂长说："可以嘛！就让他们来炼。"应家培故作为难地说："他们要是不肯呢？"

白厂长说："你就说是我说的。"应家培点头称是，得意地目送厂长的小汽车远去了。

☆第二天清早，白显舟正要上车去局里开会，应家培一路小跑过来说进口合金有了，是从兄弟厂搞来的，够炼几炉的。白显舟觉得太少了。"唉，只要我们把样品炼出来，就证明你的路子是对的，那时领导再不给进口合金，责任就不在我们了！"应家培讨好地解释道。白显舟想了一下，竟然同意了。

第十一章

炼钢炉前的斗争

闹钟的铃声把赵四海从睡梦中叫醒。他"噢"地跳下床来。

赵四海推开窗子，一阵清风吹了进来，他深深地吸了几口新鲜空气，做了几下体操。

所有的一切都说明他今天特别愉快。

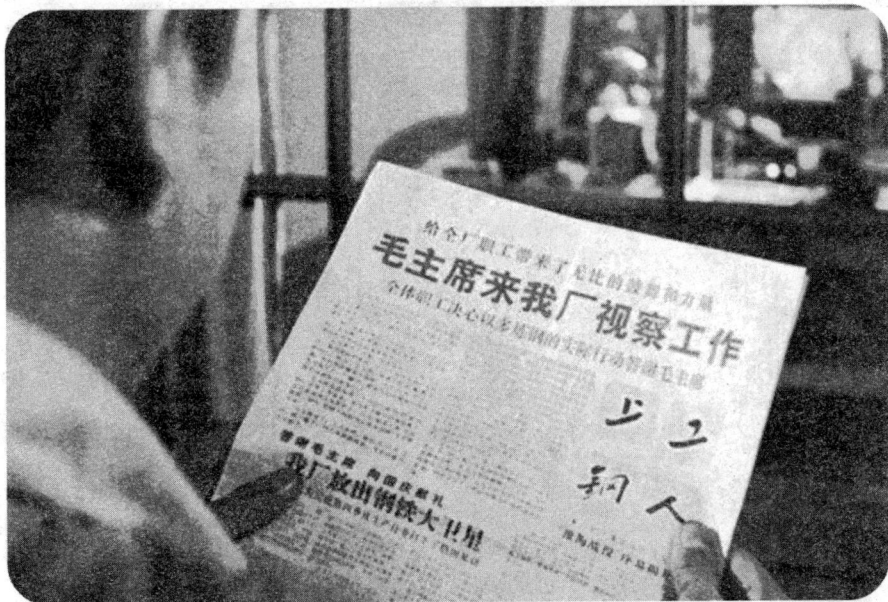

☆四海正站在窗前读着一份喜报。"毛主席来我厂视察工作"，报纸头条赫然写着这十个大字。这是四年前的今天毛主席视察上海钢铁厂时印发的大红喜报。赵四海读着读着，仿佛回到了当年毛主席他老人家视察时激动人心的场面。四海陷入了幸福的回忆。

他换上了新工装，又把那天看过的喜报看了一遍。那张喜报上，头条赫然写着"毛主席来我厂视察工作"十个大字。这是四年前毛主席来上海视察钢铁厂的时候印发的喜报。赵四海仔细地读着，仿佛回到了当年毛主席他老人家视察时那激动人心的场面，他的脸上也焕发出幸福的表情。读完喜报以后，赵四海小心翼翼地把它放进新工装的口袋里。

当他转身欲走时，母亲提着满篮子蔬菜进来了。

赵母关切地问："你这么早就走了？"

赵四海兴奋地答道："妈，你就等着我们的好消息吧！"

赵母笑着说："你们选今天这个好日子重炼'争气钢'，可要格外当心！"

☆四海的母亲提着一篮子菜回到家来，四海收好喜报，兴奋地告别母亲准备上班："妈，你就等着我们的好消息吧。""四海，你们选今天这个好日子重炼'争气钢'，可要格外当心啊！"母亲按着四海的胳膊，欣喜而又郑重地告诫四海。"嗯！"四海满怀信心而又感激地点着头。

赵四海会意地点点头。

赵四海从菜篮里拿了一个大红番茄刚要咬，被母亲抢了过去。

母亲掏出手绢擦了擦，微笑着递给儿子。赵四海一口咬掉了大半个。

赵母笑着说："哎，瞧你。"

赵四海快步地走了出去。

清晨，宽阔的黄浦江正从晓雾中醒来。在外滩上，洒水车冲洗着宽阔而平坦的马路。太阳和煦地照耀着大地。一幅巨大的宣传画下，一队红领巾在老师的带领下，正在做早操。孩子们朝气蓬勃，一个动作连着一个动作，一丝不苟。这些可爱的小花朵啊，他们不正是我

☆清晨的外滩，太阳和煦地照耀着大地。一幅巨大的宣传画下，一队红领巾在老师的带领下，正做着广播体操。孩子们朝气蓬勃，一个动作连着一个动作，一丝不苟。这些可爱的小花朵啊，不正是我们祖国美好的未来吗？

们祖国的未来么？一队又一队的民兵，雄赳赳气昂昂地
跨过外白渡桥。

赵四海骑在自行车上，高兴地看着这社会主义祖国的
美好早晨和可爱的孩子们。他被孩子们的青春活泼打
动了。

☆四海骑着自行车过来。看见这帮可爱的红领巾，他不由地向小朋友们快
乐地招手！赵四海被孩子们的青春活泼深深地打动了。

赵四海骑车来到钢厂大门口，恰好遇到刘大姐。赵四
海跳下自行车，笑着说："刘大姐，你来得这么早啊？"刘
大姐也笑着说："你不是也一样吗？"赵四海说："刘大姐，
今天我们又要炼了。"刘大姐说："今天是个好日子啊，又
要炼'争气钢'！走！"赵四海有些奇怪地问："刘大姐你今
天不是休息吗？"刘大姐笑着说："今天啊，我跟你们一块
儿干！"两人笑着走进大门。

刘大姐和赵四海一起来到了车间。刚刚经过大修的炉

☆厂门口，四海碰见刘大姐从厂内走出来，赶忙下车。"刘大姐，下班了？"四海热情地招呼道。"下班了，今天你来得这么早？"刘大姐感到很奇怪。"今天啊，我们又要炼了。"四海欣喜地告诉刘大姐。"今天是个好日子，又要炼'争气钢'。走，我和你们一块儿干！"刘大姐决定放弃休息。二人笑着走进大门。

　　子还没有生火。到处都打扫得干干净净，工具都摆得整整齐齐，连扶梯也都冲洗过了。但是，他们还很不满意，小高和另一个炉前工一人一块抹布，又一遍一遍地擦洗着栏杆和扶梯，似乎在比赛谁擦得更亮似的，因为这是四年前毛主席走过的地方呀！

　　白志华匆匆地跑上来，手上捧着一大束鲜花，兴高采烈地拿给小高他们看。小高有些奇怪地问："哎，这是哪儿来的？"白志华笑着说："花房的师傅一定要我把它放在炉前。"

— 175 —

炉前工说:"这也是他们的心意呀!"

白志华看看只有他们俩,问道:"怎么就你们俩在啊?其他人都到哪儿去了?"

里面传来了大勇的声音:"我们在这儿呢!"白志华回过头去,只见大勇和陈友根正从新修过的炉膛里走出来。

白志华笑着问:"怎么样?都检查好了吗?"

大勇冲她点点头说:"每一块砖头,我们都检查过了!保证没问题了。"

白志华笑着说:"你们可真行啊!这么快就全部弄好了。"

陈友根说:"这回可要……"

陈友根的话还没说完,小高马上抢着说:"稳着点!"

☆炼钢炉前的平台上,小高和一个炉前工正欢快地擦着扶梯。白志华手捧一束鲜花兴奋地跑上来,招呼大家:"哎,你们看啊,花房的师傅一定让我把它放在炉前。""这是他们的心意啊!"大家高兴地望着这束带来全厂工人美好祝愿的鲜花。

陈友根拍了小高一下，笑着说："你这小鬼！还敢取
笑我！"

大家哈哈大笑起来。

忽然，小高大声地对大家喊道："你们看！"大家闻声
回过头去，只见老田师傅和赵四海两个人精神抖擞地走上
了平台。老田师傅不但换上了新工装，还把胡子给剃了。
小高跑到老田师傅跟前，调皮地看了半天，然后惊讶地说：
"老田爷爷，你把胡子剃了？和你一比，我们都成老头子
了！"老田师傅用烟斗敲了一下小高："你这小子！还敢拿
我这老人家开玩笑！"他们这一老一少，逗得大家都笑了。

调度员小马也来了。赵四海把他叫到一边，很严肃地
对他说："我已经向王坚同志汇报过了，一切按我们商定的
进行，你要坚守岗位！"小马答应着离去。

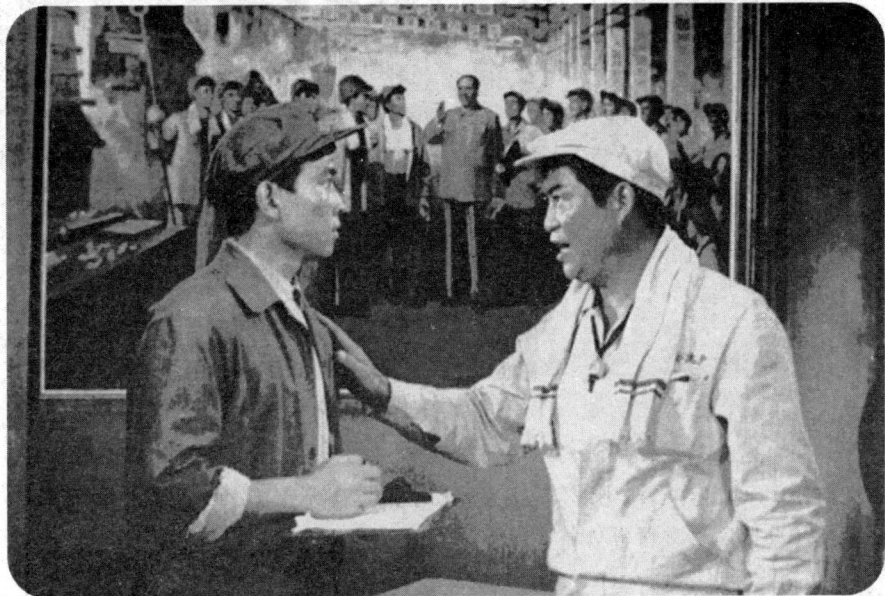

☆大家喜气洋洋地做着开炉前的各项准备。四海把小马叫到一旁，郑重地
交代道："我已经向王书记汇报过了，一切按我们商定的进行啊！"小马
答应着离开了。

— 177 —

烘炉的时刻到了。准备工作一切就绪。全组同志自动排成一列，人们的脸上都显出严肃、期待的表情。

老田师傅点着了火种，把它交给赵四海："到时候了，你去吧！"赵四海将火种拿在手上，想了想，指着小高说："应该让他去！"

小高在老田、赵四海和全组同志们的鼓励下，毅然地接过火种，走近炉门，将火种投进了炉膛。"轰"的一声，烈火在炉膛里熊熊地燃烧起来了。

☆炼钢炉前，工人们列成一行，群情激昂。重要的时刻终于到来了！老田举起火把交给四海，让他去点火。四海表示应该叫小高去，他郑重地从队列前走过来，将火把交给小高："点火！""哎！"小高兴奋而又庄重地接过火把，他对四海的信任与鼓励非常感动。

在生产调度办公室里，应家培匆匆忙忙地在打电话："冶金局吗？请白厂长听电话，我有急事……"冶金局会议厅的走廊上，白厂长握着电话，震怒地说："什么，点

火了？叫他们马上停下来！"应家培为难地说："这……我恐怕……"白厂长说："好了，等我回去处理吧……"

☆此时，应家培正躲在厂长办公室给白显舟报告消息："他们又点火了，你快回来吧！""叫他马上停下来！"白显舟在电话那边发火了，又急又恼。

在炉前，赵四海、陈友根、大勇、小高、白志华和几个炉前工还有老田师傅，全都挥铲上阵，大家站成半圆形，依次向炉膛里投料。

赵四海心疼师傅，于是劝道："师傅，您还是歇歇吧！"大家也都让老田师傅去休息。老田师傅故意装出生气的样子对大家说："今天是什么日子，谁敢不许我劳动，我就跟谁急！"

说完话，这位老炼钢工又端起铁铲，抢前两步，将料投入炉膛，动作既准确又漂亮。众人赞叹地笑了起来。在老田师傅的带动下，大家干得更欢了。

正在这时候，白厂长在应家培的伴随下，来到了炉前。

☆炼钢炉前，四海和工友们正在紧张而有条不紊地工作着。白显舟和应家
培急急地赶了进来。"赵四海！"白显舟严厉地大声喝道，"进口合金已经
有了，上总工程师的方案！""厂长，这两炉能解决国家的需要吗？"四海
很不理解。"先炼出样品再说。"白显舟坚持他的决定。

"赵四海！你给我停下！"白厂长厉声叫道。

赵四海和全组同志都闻声回过头来。白厂长严厉地命
令道："进口合金原料已经有了，你们马上上谭总工程师的
方案！"

大家听了，都议论纷纷。赵四海问："厂长，进口合金
只有两炉，能解决国家的需要吗？"

白厂长不以为然地说："先炼出样品再说！"

赵四海接着问："那么以后呢？"

白厂长并不正面回答赵四海的问题，而是说："这个你
别管，我自有办法。"

☆四海着急地说："厂长，这好比是等米下锅。吃了上顿没下顿啊！""有饭吃总比没饭吃好！"白显舟有些蛮不讲理了。"厂长你……"四海气得一时说不出话来。

赵四海仍旧耐心地说服白厂长："厂长啊，这好比等米下锅，吃了上顿没下顿。到头来咱们还是要受人家摆布呀！"

白厂长非常恼火，气愤地说："有饭吃总比没饭吃好！"

赵四海听了这话，气得说不出话来。

应家培乘机在一旁说着煽动的话："同志们，再要爆炸可不得了啊！这个责任谁也负不起了啊！"

大勇厉声地质问他："你这是什么意思？"

陈友根也大声说："这一次不是上一次啦！"

赵四海看了他们一眼，也大声地说："对，我们就是要提高炉温，把火烧得旺旺的！"

☆"同志们，再要爆炸可不得了啊！"应家培乘机煽动。"你这是什么意思？"
"这次不是上次啦！"大伙激动地和应家培理论。四海再也控制不住自己
的感情。他激愤地对白显舟和应家培宣布："对，我们就是要提高炉温，
把炉火烧得旺旺的！"

　　应家培陷入工人群众的包围之中，他用目光向白厂长
求援。

　　白厂长早就怒不可遏，愤怒地把皮包摔到桌子上，用
压过一切的权威语调宣布："我命令，停！"

　　大家都震惊了。全场寂然无声。

　　大家都看着赵四海，只见他难过地转过身去，慢步走
上平台。众人关切地跟在他的后边。

　　看到这一情景，小高忍不住哭了。他将头扑在老田师
傅的肩上，抽泣着："老田爷爷，炼钢怎么这样难啊！"老
田师傅激动地抚摸着小高的头，自己的泪水也快要流出

☆"我命令，停！"白显舟怒不可遏地把皮包摔在桌子上，大声吼道。大家都惊呆了。在大家的记忆里，他们的白厂长似乎从来没有发过这么大的脾气，可今天却为了阻止炼'争气钢'大发雷霆。整个车间顿时静了下来。

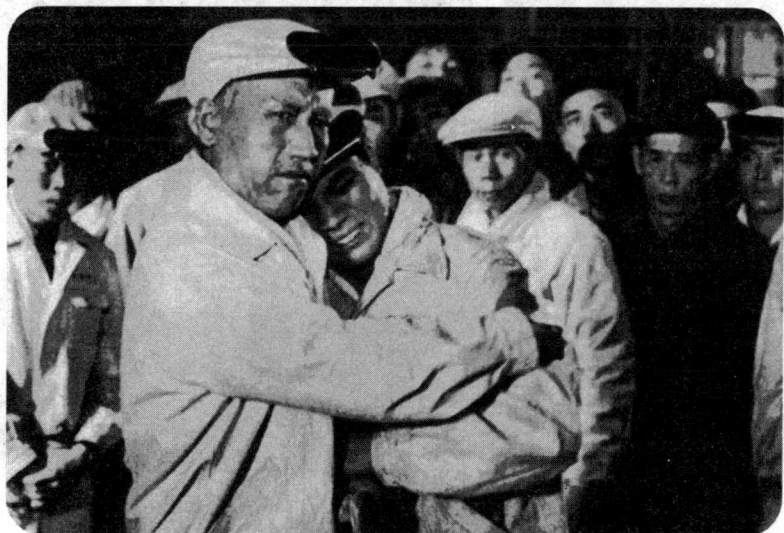

☆小高忍不住哭了。他扑在老田师傅的肩上："老田爷爷，炼钢怎么这么难啊？"老田激动地安抚着小高。他自己也难过得热泪盈眶。

来了。

陈友根、大勇、白志华以及在场的人，无不义愤填膺，同时关切地看着赵四海。

赵四海抬起头，望着挂在炉前的毛主席视察钢厂时和工人群众站在一起的大幅油画，两眼饱含热泪地问白厂长："厂长，你知道今天是什么日子吗？"

白厂长被大家这突然的一问给问住了。"今天？什么日子啊？"他嗫嚅地说。

赵四海怀着无限的激情对白厂长，也对大家说："今天是毛主席视察我们钢厂四周年的日子！"

听到这里，白厂长一惊，显然，他是把这个大喜的日子给忘在脑后了。

☆赵四海脚步沉重地走到大伙面前，深情地说道："记得四年前的今天，夜深人静，这天晚上，炉火好像格外的红，车间好像格外的亮。突然我们伟大的毛主席满面红光，一步一步向我们走来。就在这里，毛主席看着我们操作……"大家静静地听着，仿佛回到了四年前。

　　赵四海深感痛心地说："厂长，你忘了，可是全厂的同志没有忘。花房的同志送来了鲜花；料场的同志选了最好的料；每一个车间，每一个班组，全都是热气腾腾地争着要为今天献上一份厚礼呀！可是厂长你却下令停炉，不让我们炼'争气钢'啊！"

　　白厂长心有所动地听着，脸上的怒气也慢慢减了下来。

　　赵四海望着油画，沉浸在那难忘的回忆里："记得四年前的今天，夜深人静，炉火好像格外的红，车间好像格外的亮。突然，我们伟大的领袖毛主席满面红光，一步一步地向我们走来。就在这里，毛主席看着我们操作，然后他拉着我们的手，问我们多大年纪，炼了多少年钢。厂长，是你向毛主席汇报了厂里大跃进的情况，是你告诉毛主席，

　☆"……厂长，是你告诉毛主席，我们这个车间是自己设计，自己安装，用了很短的时间就全部投产。毛主席听了非常高兴，他亲切地鼓励我们说，要好好干，要自力更生，奋发图强……"四海沉浸在幸福的往事之中，仿佛又看到了毛主席。

我们这个车间是自己安装、自己设计，用了很短的时间就全部投入生产。毛主席听了非常高兴，他亲切地鼓励我们要好好干，要自力更生，奋发图强。厂长，毛主席的话你也忘了吗？"

这一席话，让白厂长面有愧色，头也低了下去。

赵四海充满阶级感情地继续说："厂长啊，你好好想想吧！十几年来，凡是我们按照毛主席自力更生、奋发图强的教导去做，就是胜利；凡是违背了毛主席的教导，迷信专家、贪大求洋，就是失败。这些，你也都忘了吗？你变了，你离开了我们工人群众，违背了伟大领袖的教导，看着你的变化，我们都为你痛心啊！"

说着，他从怀中取出那张套红的喜报，举在头上大声地说："这就是毛主席视察的当天，厂里印发的喜报，四年

☆"这就是毛主席视察当天厂里印发的喜报……厂长啊，你好好看看，这上面记着毛主席的伟大教导，也记着全厂同志的决心啊！"四海缓缓走到白显舟跟前，双手将喜报送到他的手上。

来，当我遇到困难的时候，它给我力量；顺利的时候，它使我清醒。看到它，天塌下来我不怕；想起它，再大的风浪我敢闯！"说着，赵四海双手把喜报交给白厂长："厂长啊，你好好看看吧，这上边记着毛主席的伟大教导，也记着全厂同志的决心啊！"

白厂长激动地接过喜报，心绪万端地离开大家。往事如昔，毛主席的教导仿佛又在耳边萦绕。这位老党员的眼中，此刻闪动着泪花，心情沉痛地走了。

上百双期待的眼睛望着他远去的背影。只有应家培像热锅上的蚂蚁一样，显得格外不安，他悄悄地溜走了。被厂长摔掉的公文包，仍旧躺在铁桌上。

☆白显舟双手接过喜报，往事如昔，毛主席的教导仿佛又在耳边萦绕。白显舟心绪万分，眼里泪花点点。他沉痛地走了出去。

第十二章

施巧计敌人被抓

应家培像个幽灵似的，推开了仓库的门。他见四周无人，随即走近放着有害元素的地方，拼命地往一只口袋里装着，然后抓起口袋，匆忙溜走。但是这一切都没有逃脱早就躲在一边的保管员同志的眼睛。

应家培走后，他随即拿起电话。小马接到仓库保管员

☆仓库里，静悄悄的。应家培见阻止炼'争气钢'的阴谋未能得逞，决心孤注一掷。他鬼鬼祟祟，东张西望地走了进来，见四周无人，立刻将有害元素偷入包内。这一切被在后面清点东西的仓库保管员看得真真切切。

☆炼钢车间一角，小马接到仓库保管员的报告，按照和四海原先商定的方案，隐藏在门后朝料斗方向监视着。

☆果然，应家培拿着装有有害元素的手提包，又悄悄地溜进料斗间。他环顾四周无人，急忙把手提包打开，刚要拿出有害元素，隐蔽在门后的小马厉声喝道："应家培！"应家培大惊失色，转身朝外面跑去。

的电话，按照和四海商定的方案，隐藏在门口朝料斗的方向监视着。

果然，应家培又提着装有有害元素的皮包，鬼鬼祟祟地来到上回他放有害元素的地方，准备故伎重演。但是当他刚刚打开口袋的时候，小马和保管员突然出现了。

"应家培！"小马大吼一声冲了上去。应家培一惊，丢下口袋就跑。小马捡起口袋，把它交给保管员，自己追了过去。

在黄浦江边，到处都是成堆的钢材。应家培在堆栈间仓皇逃窜。小马和众民兵紧紧追赶。

☆小马和民兵们在后面紧紧地追赶着，应家培狼狈逃窜，慌不择路地在钢锭中四处乱窜。

慌不择路的应家培跑进一条狭路，正想喘一口气，突然发现迎面站着赵四海的高大身影。应家培转身欲逃，被

什么东西绊了一跤，仰面朝天地倒了下去。

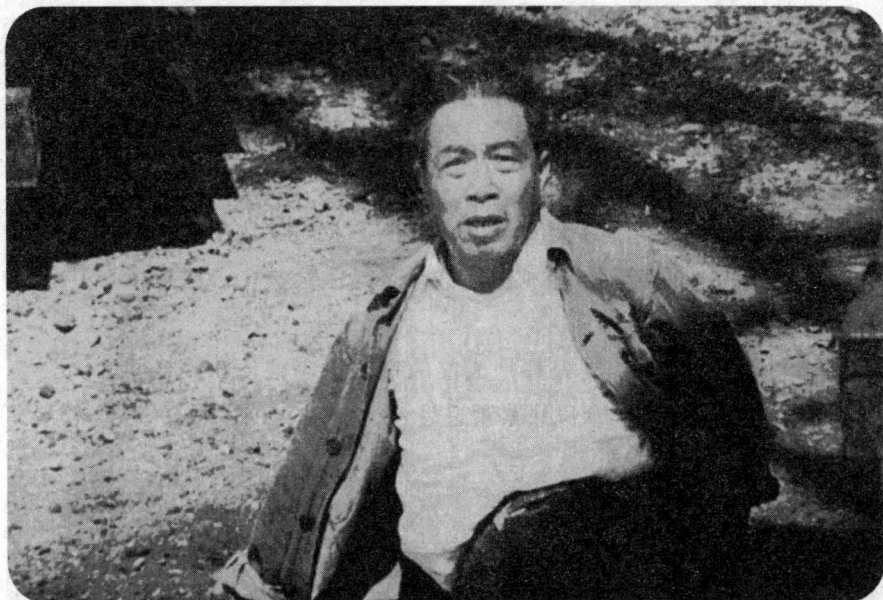

☆应家培在钢锭间跌跌撞撞，突然猛地摔倒在地。四海从另一边赶来，怒
视着应家培。应家培躺在地上，满眼惊恐地望着四海，他感到末日到了！

第十三章

齐心炼好「争气钢」

应家培的事情败露之后，白厂长受到很大震动。党委为了帮助他，召开了党委扩大会，邀请很多工人群众参加。

赵四海、老田师傅、刘大姐和白志华等人都到了会场。会场的气氛热烈而又严肃，和上次厂长主持的会议恰成鲜明的对照。

桌子上摆着应家培偷走的有害元素材料，一张应家培身穿美式军服的半身照片在人们手里传递着。虽然过了许多年，但是他的模样还是一眼就可以认得出来。看了照片

☆党委扩大会议的会桌上，放着应家培的拎包和有害元素钢料。大家都静静地看着，没有人说话，会场一片沉寂。

的人莫不切齿痛恨。

党委书记王坚首先发言，他面色严肃而又语调沉重地说："白显舟同志，这些年被你信任和重用的应家培，是个双手沾满革命人民鲜血的国民党老牌特务，是奉他主子的命令潜伏下来的反革命分子，面对他的累累罪证，你应该清醒了！"

厂长沉痛地低着头，在本子上记着同志们的批评。

老田师傅激动地说："白厂长，为什么像应家培这样一个反革命分子会蒙住了你的眼睛？因为你觉得天下太平了，分不清谁是自己人，谁是朋友，谁是敌人。你忘记了还有阶级敌人，忘记了还要革命！当年，你不是这样的。"

赵四海也激动地说："对，白厂长，你过去不是这样的。在抗日战争年代，你在敌后根据地搞兵工厂，当时国民党封锁我们，一无材料，二无设备，可是你们依靠群众，想法子上马。听说在一次制造炸药的时候，你负了伤。但是你忍着伤口的疼痛，和群众一起坚持战斗，提前完成了前方急需的弹药。当时有人问你靠什么力量战胜了困难和危险，你只说了一句话，靠革命的意志和自力更生的精神！白厂长啊，在今天这个火红的年代里，当年的革命传统不能丢啊！"

白志华含着热泪听着。

我们曾经在上次会上见过的那位老委员，对他身旁一个年轻的党委委员说："革命传统必须保持下去！"

年轻的党委委员赞同地点点头。

这时，王坚站起来说："白显舟同志，应该好好总结一下了，进城以后，你依靠的是什么人？走的什么路？脱离群众、迷信权威，你忘记了毛主席的要全心全意依靠工人阶级的教导，阶级斗争的观念在你头脑里越来越淡薄，你已经滑到修正主义的边缘了！"

☆"面对应家培的反革命罪证，白显舟同志，你应该清醒了！"王坚诚恳而又严肃地批评着白显舟。接着，老田、四海、志华和其他委员们都纷纷指出白显舟变了，忘记了毛主席的教导，已经滑到修正主义的边缘了。白显舟无言地低着头，认真地记录着大家对他的批评。

白厂长面对大家的批评和帮助，回忆起过去的艰难历程，心情格外沉重。他慢慢站起来，噙着眼泪沉痛地说："我是变了……"

说到这里，他的声音哽咽着，难过得再也说不下去了。会场上一片寂静。

赵四海站起来，恳切地对厂长说："厂长，你身上的担子很重啊！振作起来，和我们一起干吧！"说完，他把厂长遗忘在炉前的公文包交给厂长。

白厂长接过公文包，热泪滚滚而下，紧紧地握住了赵四海伸过来的温暖的大手。

全会场的人都以喜悦的心情望着他们两个人，为白厂

☆白显舟面对大家的批评帮助，回忆起过去的艰难历程，心情格外沉重。"我是变了……"白显舟终于缓缓抬起头，站了起来，声音哽咽着，万分沉痛地自我检讨。白显舟的双眼噙满了热泪。

☆"厂长……"四海也站了起来，恳切地对白显舟说道，"你肩上的担子很重啊！振作起来，和我们一起干吧！"白显舟伸过手来，紧紧地握住了四海的手。

长的转变高兴，为赵四海的宽广胸怀所感动。

炼钢炉前又响起出钢的钟声。钢花像万枝金箭，射向四面八方。赵四海小组全体同志站在炉旁，个个笑逐颜开。"争气钢"终于炼出来了。它是赵四海他们艰苦奋斗换来的，是毛主席自力更生教导的胜利。

☆炼钢车间里，炼钢炉口，钢花像万枝金箭射向四方。四海和大伙们的"争气钢"终于炼出来了。这一天终于到了！它是四海他们艰苦奋斗换来的，是毛主席伟大教导的胜利！

白厂长和谭总工程师朝炉前走来，热情地和赵四海握手。赵四海把看火镜递给白厂长和谭总工程师。白厂长和谭总工程师含笑接过看火镜，称赞地点着头。

钢包缓缓地驶过来，通红的钢水欢快地奔涌而出。这时，钢花就像节日的礼花，腾空而起。

机器轰鸣，通红的钢板正在缓缓通过轧钢机口。这钢板中，浸润着赵四海和工友们的多少心血啊。

☆看着这辉煌的成果，白显舟也禁不住高兴地握住四海的手。总工程师也兴奋地向四海伸出了双手。他们对四海表示祝贺，也满怀着对四海的敬佩！

☆钢包缓缓驶来，通红的铁水欢快地奔涌而出。

☆机器轰鸣。通红的钢板正缓缓通过轧钢机口。这钢板，浸润着四海和工友们的多少心血啊！

码头上，巨大的吊车轰鸣着，吊钩紧紧抓住钢板，缓缓向货轮移动。这些我们自己制造的特殊合金钢板，即将载上货轮，奔赴舰艇制造厂。它们很快就会变成威武的舰艇，守卫着祖国的海疆。胆敢入侵的豺狼野兽们，必将被彻底消灭。

在一间宽敞明亮的海军办公室里，赵四海受厂里的委托，把自己炼出的"争气钢"样品送给那位海军干部作纪念。赵四海打开手上的黄杨木盒子，从中取出一块特制的钢样，对站在面前的海军干部说："这是我们用自己的国产原料炼成的'争气钢'，厂里委托我送来，留个纪念！"

我们在火车上见过的那位海军干部双手接过钢样，仔细地看着。钢样在他手里闪闪发光，上面刻着的"自力更生"四个金字放出异彩。

☆码头上，巨大的吊车轰鸣着，吊钩紧紧抓住钢板，缓缓向货轮移动。这些我们自己制造的特殊钢板，即将载上货轮，奔赴舰艇制造厂。它们很快就会变成威武的舰艇。胆敢入侵的豺狼野兽们，必将被彻底消灭！

☆海军办公室里，四海受厂里委托前来把自己炼的争气钢样品送给海军军官，以作纪念。"时隔一年，你们创造了新的奇迹，帝、修、反的封锁又破产了！哈哈，我们用它以最快的速度造出舰艇来，到时候请你们来参加试航！"海军军官感慨地说道。他们的手紧紧地握在一起。

海军干部十分感慨地对赵四海说："时隔不到一年，你们创造了奇迹，帝、修、反的封锁破产了！我们也要以最快的速度用它造出舰艇来，到时候，还要请你们参加试航！"说罢，两个人热烈握手。

大片大片的桃林，繁花似锦。两辆小汽车在郊外沿江公路上奔驰着。又是一年春草绿，到处都是欣欣向荣的景象。

前边一辆车上坐着两个人——王坚和白厂长。白厂长无限感慨地对王坚说："今天参加试航，我太激动了，现在总算什么都解决了。"

王坚笑着说："老白，并不是什么都解决了，更艰巨的战斗还在后头呢！"

白厂长像是理解又像是没有理解地点点头。

后面一辆车上也坐着两个人——赵四海和谭总工程师。谭总工程师笑着说："你们的闯劲，真值得我钦佩啊。我建

☆海边，海风轻拂，一条平坦的水泥路沿着大海逶迤铺展，两辆小汽车迎面平稳地驰了过来。车里分别坐着白显舟和王坚，四海和总工程师。他们是应邀去参加新舰艇试航的。

议你写篇文章拿出去发表，一定能轰动！"

赵四海笑笑，委婉地说："我们做任何事情，出发点都是为人民的。更快地发展我国的钢铁事业是篇大文章，要写就写这篇大文章吧！"谭总工程师听着这番话，心中更加充满了对赵四海和他所代表的工人阶级的崇敬之情。

随着他们的谈话，大海已经在不远处了，海鸥展翅飞翔。在蔚蓝色的海面上，人民海军的一队炮舰排成纵队，威武有序地前进着。锋利的舰首劈开水面，舰旁波浪翻滚，如同一条白色的缎带。赵四海他们在海军军官的陪同下，在指挥舰上，望着舰队迎面开来。

☆海面上，一队炮艇排成纵队，威武有序地前进。锋利的舰首劈开水面，舰旁波浪翻滚，如同一道白色的缎带。四海他们在海军军官的陪同下站在舰首，望着舰艇迎面开来。

那位海军干部自豪地说："我参加过多次的试航，可以说都没有像今天这样兴奋过，因为，今天舰艇上的一切，都是用

我们自己的材料，由我们工人阶级自己制造出来的。"

　　王坚也兴奋地说："正像八届十中全会公报所说的，一切考验证明，我们的国家不愧是伟大的国家，我们的人民不愧是伟大的人民……"

☆"我参加过多次试航，从来没有像今天这样兴奋过。因为今天舰艇上的一切，都是我们自己的材料，是由我们工人阶级自己制造出来的。"海军军官看着舰艇，兴奋地说道。"正如党的八届十中全会公报讲的那样，一切考验证明，我们的国家不愧是伟大的国家！我们的人民不愧是伟大的人民！"王坚也激情万分。

　　赵四海紧接着王坚的话说："我们的军队不愧是伟大的军队，我们的党不愧是伟大的党！"

　　"呜……"舰队排成纵队，乘风破浪，勇往直前。中国人民用自己的钢铁制造出了自己的舰艇。事实证明，任何妄图利用封锁来扼杀我们事业的企图，必将彻底落空。威武的舰队乘风破浪，宣告了敌人反动阴谋的破产。

☆四海激动地走上前，扶着栏杆，激昂地说道："我们的军队不愧是伟大的军队！我们的党不愧是伟大的党！"

☆"呜……"军舰排成纵队，昂首全速前进。中国人民用自己的钢铁造出了自己的舰艇，事实证明任何妄图利用封锁来扼杀我们事业的企图必将彻底落空。威武的舰艇乘风破浪，宣告了敌人反动企图的破产！

电影传奇

导演傅超武小传

傅超武，上海电影制片厂著名导演，1922 年 2 月 1 日出生在山东昌邑。1938 年参加八路军。1939 年入山东沂水县鲁迅艺术学院戏剧系学习。毕业后到山东纵队二旅文工团当演员。后任宣传队中队长。

1949 年调入华东大学任文艺系讲师和文工团长。创作过《人民的血》、《英雄好汉》等戏剧。虽说他在剧本创作上已获得成功，但他更醉心于电影事业。

1950 年 7 月，他终于实现了做电影人的梦想，调到上海电影制片厂任演员。不久任译制片导演。先后导演了《安娜·卡列尼娜》、《舍甫琴科》等十余部译制片。

1955 年入北京电影学院导演专修班学习，结业后回上海，相继任天马电影制片厂和上海电影制片厂导演，先后导演了《香飘万里》、《金沙江畔》、《家庭问题》等近 20 部影片，他的影片着力于人物感情的刻画，如《金沙江畔》中对头人的处理，既揭露他的反动本性，又恰当地表现他的父女之情，让观众感觉到影片的自然真实。

傅超武拍片特别注意环境气氛的真实感，对拍摄工作

十分严格，在拍表现唐山大地震的影片《蓝光闪过之后》时，他对特技工作提出严格的要求，第一次在银幕上逼真地再现了地震时的一瞬间。傅超武在电影创作中勇于探索，富于创新。

1980年，拍摄神话戏曲片《白蛇传》时，他放弃了舞台剧的拍摄方法，而是运用故事片的拍摄手法，用外景实景代替传统的布景，"虚"、"实"结合，为电影的拍摄手法提供了一次新的尝试。由于该片形式新颖，公映后，反响异常强烈，得到广大观众的称赞。该片于1982年获第五届电影百花奖最佳故事片奖，文化部1980年优秀影片奖。

傅超武追求清新、明快、真实的艺术风格，拍片中，他注意发掘人物的心灵感情，减少外部动作的强烈和火爆的场面，希望自己的作品能以情动人，让观众回味无穷。

1992年10月26日去世，终年70岁。

主演于洋小传

于洋，原名于延江，影视演员、导演。祖籍山东龙口市。1945 年长春市文化中学肄业。曾在长春市公安局任职，后任中国人民解放军炮兵部队文化教员。1947 年入东北电影制片厂任演员，在《留下他打老蒋》、《桥》、《中华女儿》等影片中饰演角色。1949 年加入中国共产党。1953 年任北京电影制片厂演员。1955 年至 1957 年在北京电影学院表演专修班学习。1957 年毕业后主演《英雄虎胆》、《青春之歌》、《暴风骤雨》、《大浪淘沙》等影片。1977 年转任导演，拍摄《戴手铐的"旅客"》、《大海在呼唤》等影片，并导演《哪儿是我的家》等电视连续剧。是中国影协第四、五届理事。1989 年任北京电影制片厂演员剧团团长。获得第 19 届金鸡百花节"终身成就奖"。

于洋参与的电影

《留下他打老蒋》 …………………………… 1947 年
《桥》《中华女儿》 …………………………… 1949 年

《卫国保家》 …………………………………… 1950 年

《走向新中国》 ………………………………… 1951 年

《葡萄熟了的时候》 …………………………… 1952 年

《山间铃响马帮来》 …………………………… 1954 年

《怒海轻骑》 …………………………………… 1955 年

《生活的浪花》《英雄虎胆》《山里的人》 …… 1958 年

《飞越天险》《矿灯》《青春之歌》《水上春秋》

《粮食》 ………………………………………… 1959 年

《为了六十一个阶级兄弟》《革命家庭》

《五彩路》 ……………………………………… 1960 年

《暴风骤雨》 …………………………………… 1961 年

《大浪淘沙》 …………………………………… 1966 年

《火红的年代》《侦察兵》 ……………………… 1974 年

《第二个春天》 ………………………………… 1975 年

《万里征途》 …………………………………… 1977 年

《戴手铐的"旅客"》 ………………………… 1980 年

《大海在呼唤》 ………………………………… 1982 年

《骑士的荣誉》 ………………………………… 1984 年

《驼峰上的爱》 ………………………………… 1985 年

《孤帆远影》 …………………………………… 1987 年

《女贼》 ………………………………………… 1989 年

《大海风》 ……………………………………… 1993 年

《惊涛骇浪》 …………………………………… 2003 年

主演温锡莹小传

温锡莹（1920～2008），著名演
员，1920 年 3 月生于河北秦皇岛，
1942 年毕业于国立戏剧专科学校。
后加入中华剧艺社，演出话剧《大
地回春》、《棠棣之花》、《金玉满
堂》、《北京人》、《桃花扇》、《清宫
外史》等剧，在表演上进行了广泛
探索和实践。1948 年，温锡莹开始
接触电影，参与演出了国泰影业公
司《痴男怨女》的拍摄。1948 年 7 月，温锡莹考入华东人
民革命大学，在大学中他努力钻研有关电影艺术的各种资
料，熟悉、掌握电影的特殊表现手段。

新中国成立以后，他拍摄了《鄂尔多斯风暴》、《年轻
的一代》、《林则徐》、《钢人铁马》、《大地重光》、《六十年
代第一春》、《宋景诗》、《沙漠里的战斗》、《万紫千红总是
春》、《庐山恋》等数十部影片，塑造了各种各样的人物，
逐步形成粗犷、朴实的表演风格。温锡莹无论是演话剧还
是拍摄影片，都注意不夸张外部动作，而着意于内心的刻
画和情感的抒发，在《鄂尔多斯风暴》中他扮演主人公青
年牧民乌力记，就注意通过眼神表达人物感情。在拍摄前
深入内蒙古草原，了解当地人风俗习惯、社会背景，在深
入生活的基础上准确把握人物基调，在表演中着意挖掘动

作所包含的丰富的潜台词，注重每一个细微的表情、手势的传达及表意功能。除表演外，他还为十几部翻译片配音，如《彼得大帝》中的彼得大帝，《华丽的家族》中的万表大介等，其中《钦差大臣》中市长的配音荣获 1957 年文化部颁发的 1949～1955 年优秀影片奖个人一等奖。"文化大革命"结束后，温锡莹导演过影片《特殊家庭》。

温锡莹参与的电影

《遥远的爱》 …………………………… 1947.年

《痴男怨女》《平步青云》…………… 1948 年

《残冬》 ………………………………… 1949 年

《小英雄》《大地重光》……………… 1950 年

《翠岗红旗》 …………………………… 1951 年

《彼得大帝》 …………………………… 1952 年

《金银滩》《奇婚记》………………… 1953 年

《夜店》《宋景诗》…………………… 1955 年

《沙漠里的战斗》 ……………………… 1956 年

《球场风波》 …………………………… 1957 年

《夜走骆驼岭》《钢人铁马》《聪明的人》 …… 1958 年

《向海洋》《万紫千红总是春》《林则徐》 …… 1959 年

《摩雅傣》《六十年代第一春》《革命家庭》 … 1960 年

《鄂尔多斯风暴》 ……………………… 1962 年

《飞刀华》 ……………………………… 1963 年

《李善子》 ……………………………… 1964 年

《年青的一代》《渡江侦察记》……… 1965 年

《火红的年代》 ………………………… 1974 年

《第二个春天》 ………………………… 1975 年

《欢腾的小凉河》《江水滔滔》……… 1976 年

《庐山恋》《飞吧，足球》…………………… 1980 年

《飞向太平洋》 …………………………… 1982 年

《血，总是热的》 ………………………… 1983 年

《姑娘小伙正当年》《桔园情》………………… 1984 年

《党小组长》 ……………………………… 1986 年

《绑票》 ……………………………………… 1987 年

主演张雁小传

张雁，影视演员。1918 年生于陕西兴平。曾参加西安民教馆实验话剧团。1938 年入四川江安国立戏剧专科学校表演系。1941 年毕业后任中央青年剧社演员。抗战胜利后到上海参加影片《遥远的爱》的拍摄。1949 年后任上海电影制片厂演员。1978 年任北京电影制片厂演员。1982 年因饰演《月亮湾的笑声》中的江冒富，获第二届金鸡奖最佳男主角。

张雁参与的电影

《遥远的爱》《乘龙快婿》…………………… 1947 年
《肠断天涯（上下）》《关不住的春光》
《街头巷尾》……………………………… 1948 年
《人在屋檐下》《喜迎春》《子孙万代》……… 1949 年
《团结起来到明天》……………………… 1951 年
《布谷鸟又叫了》《三毛学生意》
《山里的人》……………………………… 1958 年
《钢铁世家》……………………………… 1959 年
《六十年代第一春》……………………… 1960 年
《燎原》…………………………………… 1962 年
《李善子（未发行）》……………………… 1964 年
《火红的年代》…………………………… 1974 年

《战船台》 …………………………… 1975 年

《欢腾的小凉河》 ………………… 1976 年

《平鹰坟》 ………………………… 1978 年

《黑三角》《婚礼》 ……………… 1979 年

《楚天风云》《月亮湾的笑声》 ……… 1981 年

《大泽龙蛇》 ……………………… 1982 年

《白杨树下》《出门挣钱的人》 ……… 1983 年

《月亮湾的风波》 ………………… 1984 年

《月光下的小屋》 ………………… 1985 年

《最后的太阳》 …………………… 1986 年

《人间恩怨》 ……………………… 1987 年

《幸运的星》 ……………………… 1989 年

主演郑大年小传

郑大年，著名演员、导演，1933 年生于天津。1950年，郑大年考入西北人民艺术学院戏剧系。1954 年毕业后在西安市话剧院任演员。1958 年调入西安电影制片厂任演员，后改导演。曾主演过《延安游击队》、《烈火中永生》、《桃花扇》、《李清照》等 20 余部电影。1956 年，郑大年在全国话剧汇演中获文化部颁发的演员二等奖；1987 年获全国电视剧大众金鹰奖。

郑大年参与的电影

《碧空银花》 …………………………………… 1960 年
《延安游击队》 ………………………………… 1961 年
《桃花扇》 ……………………………………… 1963 年
《浪涛滚滚》 …………………………………… 1965 年
《火红的年代》 ………………………………… 1974 年
《开山的人》 …………………………………… 1976 年
《丁龙镇》 ……………………………………… 1978 年
《九龙滩》 ……………………………………… 1978 年
《大河奔流》 …………………………………… 1978 年
《生活的颤音》 ………………………………… 1979 年
《李清照》 ……………………………………… 1981 年
《山道弯弯 》《都市里的村庄》 ……………… 1982 年
《决战之后》 …………………………………… 1991 年
《水浒传》 ……………………………………… 1996 年

主演中叔皇小传

中叔皇（1924～2005），著名演员、导演。1925年中叔皇生于南京一个城市贫民家庭。因父亲早逝，初中尚未毕业，他就辍学来到上海谋生。起初，他当过一个时期的学徒，后在亲友资助下，进入上海新闻专科学校。他原想当记者，后来，转向戏剧舞台。

1946年10月，地下党领导的昆仑影业公司于上海成立。中叔皇参加了该公司的演员考试，在前来应试的七八千人中，他以优异成绩被录取。尽管当时的工作和生活条件十分艰苦，但看到"昆仑"拍摄的《八千里路云和月》、《一江春水向东流》等进步影片，他由衷地感到自己这条路是选对了。特别是通过与史东山、沈浮、赵丹、陈鲤庭等人的接触，他对艺术应该有益于人生和社会，好的艺术作品必须有强烈的社会意义等问题，有了更加明确的认识。这些电影界的老前辈，成了他政治和艺术上的启蒙老师。

从1946年10月进入昆仑影业公司到新中国成立，虽然只有短短的三年时间，但对中叔皇人生观、艺术观的形成，却是十分重要的一段时期。在这段时间里，中叔皇先后参加了《一江春水向东流》、《新闺怨》、《关不住的春光》、《武训传》等影片的拍摄，在前两部影片中，他扮演

次要角色。在《关不住的春光》中，他扮演戏比较多的演剧队队长。在《武训传》中，他扮演地主大管家赵雄。

全国解放前，中叔皇满腔热情地参加了"昆仑"文工队，到学校、工厂组织演出，迎接和庆祝新中国的诞生。

新中国成立后，中叔皇参加拍摄的第一部影片是夏衍编剧、陈鲤庭导演的《人民的巨掌》。片中，他扮演一个留用的公安人员。此后，他又在"昆仑"参加了《我们夫妇之间》、《红花曲》、《彩车曲》、《为孩子们祝福》等五部影片的拍摄，扮演了工会主任、公方经理、三轮车工人、革命军人等角色。

1953 年，中叔皇随昆仑影业公司并入上海电影制片厂。在工厂深入生活了一段时间后，他参加了话剧《英雄阵地》的演出。不久，又参加了影片《渡江侦察记》的拍摄，扮演侦察兵杨威。接着，又在《天罗地网》中扮演公安局长；在《乘风破浪》中扮演水手长马俊。

20 世纪 50 年代后期，中叔皇除拍摄了《社会主义第一列快车》、《热浪奔腾》、《铁树开花》等五六部"跃进片"外，还参加了《长虹号起义》、《鲁班的传说》、《地下航线》、《春满人间》等影片的拍摄。在顾而已导演的《地下航线》中，中叔皇扮演主人公——地下党员、轮船司机林森宫。为开辟地下航线，把武器、电台运往游击根据地，他以帮助船长运私货作掩护，与地下党员江财弟、司舵阿旺等船工，同敌特展开了一场紧张激烈的斗争。林森宫这个人物的成功塑造，不仅标志着中叔皇在表演艺术上日趋成熟，也使他成为深受广大观众喜爱的一位电影演员。

从 20 世纪 60 年代初期开始，中叔皇进入艺术创作的黄金时期。在这段时间里，他除了在上影拍摄了《红日》、《金沙江畔》两部影片外，还应长影之邀，参加了《独立大队》、《兵临城下》两部影片的拍摄。

在陆柱国、王炎编剧，王炎导演的《独立大队》中，中叔皇扮演受党的委派前去改造一支自发队伍的游击队员

叶永茂。由于他将这个人物塑造得深沉凝重、正气凛然，加上扮演马龙的郭振清等其他几位主要演员都发挥了出色的演技，影片上映后，受到广大观众的好评。白刃、林农编剧，林农导演的《兵临城下》，是一部编、导、演俱佳的影片。中叔皇在这部影片中扮演国民党三六九师某团团长郑汉臣。这是一个内心冲突激烈、性格复杂矛盾、在整个影片中起着举足轻重作用的人物。中叔皇以深刻、真切的内心体验、惟妙惟肖的外部动作，以及生动逼真的面部表情，将这个人物塑造得血肉丰满、真实可信，给广大观众留下难忘的印象。

20 世纪 70 年代年代，中叔皇除在《火红的年代》一片中扮演了一位军代表外，没有再上银幕。

中叔皇在表演艺术上始终追求一种真实朴素的风格，同时又十分重视反映生活的深度。他的创作态度严肃认真、一丝不苟。这与他从"昆仑"时期开始就受史东山、沈浮、赵丹等现实主义艺术家的影响是分不开的。

从 1975 年开始，中叔皇改行从事导演工作。他在独立导演了《小将》与王洁联合导演了《朝霞异彩》（未发行）两部影片后，于 1980 年又和孙永平联合导演了《白莲花》一片。这是一部以第二次王明路线为背景，以批判"左倾"思想，强调革命队伍内部应该互相信任、互相尊重、紧密团结、共同对敌为主旨的影片。

中叔皇参与的电影

《孤星血泪》 ………………………………… 1946 年

《一江春水向东流》 ……………………… 1947 年

《关不住的春光》《新闺怨》 …………… 1948 年

《三毛流浪记》 …………………………… 1949 年

《武训传》《人民的巨掌》 ……………… 1950 年

《镇压反革命——逃不了》 …………… 1951 年

《劳动花开》 ……………………………… 1952 年

《纺花曲》《为孩子们祝福》 …………… 1953 年

《渡江侦察记》 …………………………… 1954 年

《天罗地网》《夜店》 …………………… 1955 年

《生的权利》《旧恨新仇》 ……………… 1956 年

《乘风破浪》 ……………………………… 1957 年

《鲁班的传说》《无名英雄》《爱厂如家》

《第一列快车》《热浪奔腾》《铁树开花》 …… 1958 年

《春满人间》《地下航线》 ……………… 1959 年

《红日》《金沙江畔》 …………………… 1963 年

《兵临城下》《独立大队》 ……………… 1964 年

《火红的年代》 …………………………… 1974 年

《小将》 …………………………………… 1975 年

《朝霞异彩》 ……………………………… 1977 年

《东港谍影》《严峻的历程》 …………… 1978 年

《她俩和他俩》 …………………………… 1979 年

《白莲花》 ………………………………… 1980 年

《飞来的女婿》 …………………………… 1982 年

《黑匣喋血记》《月亮湾的风波》《洱海情波》

…………………………… 1986 年

《天堂盛宴》 ……………………………… 1987 年

《神猫与铁蜘蛛》 ………………………… 1989 年

电影背后的故事

1. 另外两个导演

本片总共有三个导演，除了傅超武，还有孙永平和俞仲英。

孙永平（1930～2011），演员、导演。山东龙口人，中国电影家协会会员、中国戏剧家协会会员、中国石油摄影家协会会员、顾问。1949年后任上海电影制片厂演员。曾在《南征北战》、《南岛风云》、《老兵新传》等影片中扮演通讯员、小战士等角色。因在《渡江侦察记》中扮演侦察员小马，1957年于文化部1949～1955年优秀影片评奖中获个人一等奖。1964年起任导演，导演影片有《白莲花》、《犟小子》以及电视剧《钻塔情》等。在本片的剧本改编、组建、找演员等过程中，做了很多工作。

俞仲英，演员、导演。1921年8月生于浙江省崇德县。1941年进上海天风剧社当演员，后在上海艺术剧团、天津银星旅行剧团、上海剧艺社等当演员。1950年进上海文化影片公司后到联合电影制片厂、天马电影制片厂当副导演、导演。他从事表演、导演艺术事业四十多年。曾多年担任

黄佐临拍片时的副导演。他先后执导和联导的影片有：《老李师父》、《刘介梅》、《雪青马》、《武松》、《怎么谈不拢》、《小保管上任》等。他与杨小仲联合执导的《孙悟空三打白骨精》获第二届百花奖最佳戏曲片奖。拍摄本片时，他刚从"牛棚"出来不久。

2. 时代的局限性

本片拍摄于"文化大革命"期间，因此，影片不可避免地被打上了深深的时代烙印。本片的故事架构、人物塑造、语言、情节等都体现着那个时代的特色。本片的创作路数后来被很多影片重复模仿，于是有人编了顺口溜："厂长犯错误，书记来帮助。揪出狗特务，打倒帝反修。"

本片经过多次审查、修改和补拍。1974年影片在全国公映。在"八亿人民八个样板戏"的年代，这一故事片的出现在全国引起了轰动。